*La Nuit dernière
au XVe siècle*

Didier van Cauwelaert

La Nuit dernière
au XVᵉ siècle

ROMAN

Albin Michel

IL A ÉTÉ TIRÉ DE CET OUVRAGE

Vingt exemplaires
sur vélin bouffant des papeteries Salzer
dont dix exemplaires numérotés de 1 *à* 10
et dix exemplaires hors commerce numérotés de I *à* X

© Éditions Albin Michel, 2008

1

J'ai rencontré Corinne dans une laverie, un soir d'été ; elle était ma voisine de hublot. Elle regardait tourner sa vie dans l'eau mousseuse : des blouses d'infirmière, des pantalons baggy et des tee-shirts d'ado à motifs gothiques. Moi, j'avais choisi le programme 7, pour textiles délicats, celui qui assurait la plus grande longévité à mes chemises et les préparait le mieux à la vapeur du fer. La solitude avait fait de moi un virtuose du repassage ; c'était, avec la bibliophilie, le meilleur moyen de m'évader de mon métier.

Nos premiers mots ont concerné la vétusté des machines. J'ai dit qu'il fallait vraiment habiter la rue pour n'avoir pas le courage de porter son linge ailleurs. Elle n'a pas démenti, preuve que nous étions voisins. Elle a expliqué que son tambour l'avait lâchée au milieu d'un cycle. J'ai répondu que, de mon côté, je vivais à l'hôtel en attendant de trouver un appartement, et que je m'appelais Jean-Luc Talbot, comme les voitures. Elle ne connaissait pas la marque. J'ai dit que, de toute manière, elle n'existait plus. Elle a eu l'air désolée pour moi, alors j'ai précisé que ce n'était pas grave : je n'étais qu'un homonyme.

Pendant son essorage, on s'est tus. Je la regardais transpirer à mes côtés dans la fournaise, sous la lumière crue des néons. Elle m'avait donné son prénom, et j'avais retenu à temps un commentaire idiot sur la coïncidence : je venais justement de trouver chez un bouquiniste une édition rare de Corinne, la poétesse grecque du VIᵉ siècle, maîtresse et rivale de Pindare. Elle était blonde à cheveux courts, la sueur collait son top lavande à sa poitrine et je me sentais malheureux, comme chaque fois que je désire une femme. Tout ce chemin prévisible, répétitif et fastidieux pour en arriver si peu souvent à l'objectif initial, généralement abandonné en cours de route par manque de temps ou d'illusions.

Soudain, j'ai vu dans son regard qu'elle pensait la même chose. Elle était mère célibataire ou divorcée, je vivais seul : notre linge avait parlé pour nous. À quoi bon ajouter ces fioritures, ces faux-semblants, ces mensonges avantageux et ces atermoiements de rigueur qui transforment les pulsions naturelles en jeu de société ? Nos mines creusées, nos cernes sans joie suggéraient que nous avions eu une journée longue, et que demain commencerait tôt. Nous ne rêvions que d'un lit ; autant nous épargner les étapes intermédiaires.

Son programme s'est arrêté le premier. Elle a sorti ses blouses et les affaires de son fils avec une lenteur appuyée, les a passées à la sécheuse, puis pliées, dépliées, repliées avec soin tandis que je maudissais les prolongations raffinées de mon programme 7. Dès le déclic de fin de cycle, j'ai balancé mes chemises humides dans mon sac en plastique, et je lui ai proposé de venir prendre un verre dans ma chambre. Elle a souri, en remontant sa frange avec son avant-bras.

— Vous êtes direct.

— C'est parce que je suis timide. Si je ne me lance pas tout de suite, ça réveille mes problèmes d'ulcère, alors je préfère que vous me disiez non d'emblée.

— Et si je vous dis oui, ça réveille d'autres problèmes ?

— Je les surmonterai.

— Je vous préviens : je n'ai que trois quarts d'heure.

Nous avons fait l'amour dans le créneau imparti, et, dès le mois suivant, nous emménagions dans un pavillon à la sortie de la ville, avec son fils, mes livres anciens, une Whirlpool à mille trois cents tours/minute et une buanderie pour mon repassage.

*

Quand on refuse de se mentir, on se condamne fatalement à la déception. Notre histoire démarrée en trombe n'a pas tenu les promesses de la première nuit : après un an de vie commune, j'ai l'impression d'en être toujours au prélavage. Je sens bien que notre amour est un programme longue durée, mais la fonction ne s'enclenche pas.

Nous nous ressemblons trop, en fait : ses dix ans de souffrance avec son ex-mari pèsent autant sur notre couple que mes déceptions répétées de célibataire par défaut. Nos corps sont compatibles, nos métiers ingrats se complètent, nos horizons bornés ne se font pas d'ombre, son enfant m'accepte, je suis ravi qu'il soit déjà élevé et qu'elle n'en veuille pas d'autre, mais la famille recomposée sans étiquette que nous formons tourne à vide.

Corinne a du caractère et de l'altruisme ; je n'ai que des résignations et de la conscience professionnelle. C'est suffisant pour nous reposer l'un sur l'autre, la nuit et le week-end, mais ça ne donne pas l'élan de tout casser pour reconstruire, l'envie de tenter un nouveau départ à trente-cinq ans. Nos rêves sont en berne depuis si longtemps qu'ils n'alimentent plus que des rancœurs, et nous évitons de les étaler entre nous, tant nos échecs se ressemblent. Elle avait voulu être médecin sans frontières, moi préfet dans les Dom-Tom. Elle est infirmière à domicile, je suis contrôleur des impôts à la 2ᵉ brigade de Châteauroux.

Ce qui allait brusquement réveiller notre couple, en ce mois de juin, avait tout a priori pour le détruire. J'allais plonger dans l'aventure la plus inconcevable de ma vie, en y entraînant Corinne à son corps défendant. Aujourd'hui encore, j'ignore si j'ai été roulé dans la farine ou touché par la grâce. Et je me demande toujours par quoi je me suis laissé aveugler : la passion, la raison, la mauvaise conscience, l'envie d'un autre destin ou la stratégie de mes contribuables.

Reste aussi l'hypothèse que mon cœur ait vu juste, et que le plus grand amour que j'aie connu sur Terre remonte au XVe siècle.

2

Tout a commencé par une dénonciation. La lettre anonyme s'était retrouvée en haut de la pile, mon collègue Raphaël et moi n'avions rien de prévu pour la matinée, et le siège social du fraudeur présumé se trouvait dans une jolie forêt, à une demi-heure de l'hôtel des impôts.

Raphaël connaissait de nom le château de Grénant. Enfoui dans la vallée de la Brenne, c'est une ancienne forteresse médiévale restaurée par un industriel belge qui s'y est ruiné, à la fin du XIXe siècle, en voulant importer le concept d'agriculture intensive dans les marais du Berry. Kommandantur bombardée par les Anglais en 1944, le château appartient aujourd'hui à une société civile immobilière, et les dépendances à une société à responsabilité limitée. Les actionnaires de la SARL sont ceux de la SCI : deux familles dirigeant une entreprise d'insecticides bio, que la lettre anonyme accuse d'être une secte. Argument principal : les suspects, tout en ayant l'air de « loubards attardés », roulent en Mercedes

Classe S et Jaguar X-Type, sans compter une quinzaine de cabriolets de collection – bref, pour Raphaël et moi, le profil contraire de ceux qui dissimulent des bénéfices. Mais comme nos primes annuelles sont indexées sur nos relevés kilométriques, nous ne voyons aucun inconvénient à nous déplacer pour rien.

*

La vie d'un contrôleur des impôts n'est pas de tout repos, dans le Berry. « Ta poupée est prête », m'a dit Raphaël huit jours après mon arrivée dans sa brigade, en provenance d'Annecy. Il m'a expliqué le plus naturellement du monde, comme s'il parlait pétanque ou rugby, que la sorcellerie était le sport régional : dès qu'un nouveau contrôleur débarquait, on fabriquait à titre préventif une figurine à son effigie.

— Fais gaffe à tes cheveux et tes rognures d'ongles. Ils personnalisent ta poupée, et après ils la piquent. Moi j'ai pris les devants : chaque mardi, je vais chez l'acupuncteur. Guérir le mal par le mal. Ça neutralise, et ça évite l'effet cascade qui te pend au nez si tu te fais désenvoûter.

— C'est quoi, l'effet cascade ? ai-je demandé, parfaitement sceptique, mais toujours intéressé par la psychologie locale du contribuable.

— C'est la merde, a-t-il répondu, sombre. Si tu renvoies le sort, ça cause un choc en retour au jeteur, et il te le renvoie encore plus fort pour se venger. Faut pas jouer

14

à ce jeu-là, dans la brigade. J'ai déjà perdu trois collègues en deux ans. Pneumonie, électrocution, accident de voiture. Crois-moi : une médaille de la Vierge pour faire écran, un oignon dans la poche droite pour absorber les ondes, l'acupuncture une fois par semaine, et tu es blindé. Mais pense à changer l'oignon tous les deux jours.

J'avais négligé ses conseils, et je ne m'en portais pas plus mal. Qu'importent les pensées hostiles que nourrissent les Berrichons à mon égard ; j'en ai vu d'autres et je ne fais pas ce métier pour être aimé. Au contraire. La franchise de la haine que je lis dans le regard de mes contrôlés est un facteur nécessaire à mon équilibre. Trompé à vingt ans par ma fiancée et mon meilleur ami, durant des mois de colocation où ma naïveté pimentait leurs coucheries, je me suis sorti tout seul de la dépression grâce à la méfiance systématique et l'antipathie que j'inspire. Personne n'abusera jamais plus de ma crédulité ni de ma bienveillance.

C'est la disposition d'esprit dans laquelle, ce mardi 3 juin, je sonne à la porte de la société Green War, dont le siège occupe les anciennes écuries du château de Grénant.

— Brigade de Châteauroux, inspecteurs Raphaël Martinez et Jean-Luc Talbot, vérification de votre situation fiscale avant contrôle éventuel, veuillez nous ouvrir les registres comptables et les facturiers, bonjour.

Un nain de jardin a entrebâillé la porte, avec une chemise à carreaux, des favoris de rocker, quelques cheveux en forme de ressorts autour de la calvitie, et des traits d'une beauté exotique pas du tout assortis au reste. Il nous dévisage avec un air d'incompréhension, qui brusquement se transforme en rictus de colère :

— Et puis quoi, encore ? Vous remontez dans votre bagnole, et si vous avez des questions à poser, vous envoyez un courrier. On déclare tout, on paye dans les délais, on ne vous doit rien, et on n'est pas en temps de guerre : c'est une propriété privée, ici ! Alors barrez-vous et laissez-nous travailler, bande de queunards !

Sa prononciation laisse à désirer, mais il s'agit selon toute vraisemblance du substantif « connards », un premier élément de bon augure dans le cadre des poursuites envisageables. D'un ton froid mais conciliant, je l'informe de ses droits :

— Si vous refusez de nous laisser entrer, comme la loi vous y autorise, nous revenons avec les forces de l'ordre : une VASFE vous sera notifiée…

— Vérification approfondie de votre situation fiscale d'ensemble, traduit mon équipier d'un air suave.

— … sans effet de prescription, et le calcul des pénalités tiendra compte de votre obstruction au travail de nos services. Vous avez le choix, monsieur.

— Chier, conclut-il en nous claquant la porte au nez.

Nous échangeons un regard décontenancé, Raphaël et moi. C'est la première fois que nos menaces sont sans effet. Il va sans doute falloir lancer une procédure administrative pour requérir un huissier, un commissaire, un serrurier – toutes ces questions de cours qu'on oublie sitôt après le diplôme, tellement la peur du fisc aplanit en règle générale les difficultés autour de nous.

Mais, dix secondes plus tard, le battant se rouvre et un autre individu se présente en souriant. C'est un roux langoureux à queue-de-cheval, blouse verte et accent britannique, qui nous prie d'excuser son associé, puis nous invite à faire notre métier sans haine et sans crainte. Nous entrons, sur la défensive. Les plus accueillants sont toujours les mieux armés : un avocat fiscaliste, joint sur son portable, est sans doute déjà en route pour nous compliquer la tâche avec les finasseries du Code général des impôts – lequel nous interdit par exemple d'emporter des documents originaux, nous contraignant à les photocopier sur place. Ce que, par bonheur, la plupart des contrôlés ignorent.

– Voulez-vous un thé ? propose la queue-de-cheval.

Nous déclinons l'offre, tout en suivant des yeux son acolyte qui est allé ouvrir l'un des grands placards qui s'alignent sous la charpente de l'ancienne écurie. La salle est immense, traitée dans le style paysager, avec des postes de travail séparés par des cloisons de verre et des plantes vertes. Seuls le sol aux pavés disjoints, les mangeoires où broussaille du foin décoratif et les coccinelles qui se promènent sur les ordinateurs apportent une note rustique à l'atmosphère aseptisée de l'entreprise. Une grande baie vitrée donne sur un genre de serre à légumes, où des laborantins à combinaison stérile et masque de protection enfoncent des pipettes dans la terre labourée.

Autour de nous, cinq jeunes femmes très belles s'affairent sur leurs claviers, tout en vantant au téléphone les vertus de leurs produits : guêpes, larves, punaises, acariens prédateurs de parasites variés... Moins de trente ans, décolletés plongeants, cadences paisibles, cigarettes aux lèvres.

– Et l'interdiction de fumer sur les lieux de travail ? attaque d'un ton agressif Raphaël, qui pérennise sa récente victoire sur le tabac en se détruisant les dents à coups de chewing-gums. Vous l'ignorez ?

– Non, mais on s'en fout, répond le chauve à carreaux. On est tous fumeurs, on ne dérange que nous, et on vous emmerde.

– N'employez pas l'injure, monsieur.

– Ce n'est pas une injure, c'est une constatation. On a créé quarante-huit emplois dans une région sinistrée, on est devenus en six ans la quatrième PME du département, et vous êtes ici parce que vous avez reçu une lettre de dénonciation ! Non ? C'est qui ? La boulangère, l'Amicale des chasseurs, notre ex-femme de ménage qui piquait dans la caisse, un marchand de pesticides ? Secret professionnel, je suppose.

– N'y voyez rien de personnel, mâche Raphaël d'un air tranquille, en faisant passer son chewing-gum d'une joue à l'autre. Nous agissons dans le cadre de la vérification aléatoire et ponctuelle de la fiscalité des entreprises.

— Tu parles ! Notre réussite fout les boules à tous les queunards du coin, vous les croyez sur parole, vous protégez leur capacité de nuisance et vous ruinez la France ! Bon appétit, ministres intègres !

— La diffamation ne résout rien, monsieur, grince Raphaël.

— Ce n'est pas de la diffamation, c'est du Victor Hugo.

Il dépose trois énormes dossiers devant nous, et retourne en chercher d'autres, tandis que le rouquin britannique nous approche aimablement deux chaises en disant d'un ton neutre :

— Vous avez de quoi prendre des notes ? La photocopieuse est en panne.

*

La première visite a duré cinq heures trente. Face à l'insistance de Raphaël, leur machine à photocopier étant réellement hors service, ils en avaient fait livrer une nouvelle — à nos frais, car le Code général des impôts, nous avaient-ils rappelé, n'obligeait pas le contribuable à fournir lui-même le matériel nécessaire à notre procédure d'investigation *in situ*. Ces gens-là étaient incollables sur leurs droits, et le contrôle promettait d'être sportif.

Pour ne rien arranger, les coccinelles omniprésentes rentraient dans ma chemise, et l'Anglais avait flashé sur moi. Tandis que je rebroussais les poils de mon thorax pour déloger les prédatrices, j'ai vu son regard devenir fixe.

– Qu'est-ce qui vous a fait cette cicatrice ? a-t-il demandé d'une voix troublée.

Il désignait le petit rectangle brun surmonté d'un rond, au niveau de mon plexus.

– C'est une tache de naissance, ai-je répondu sèchement. Vous ne pourriez pas nous débarrasser de ces bestioles ?

– Jonathan ! lui a lancé de loin son associé, téléphone à l'oreille. Pour des cochenilles farineuses en Aquitaine, j'envoie *cryptolaemus montrouzien* ?

– Pas en ce moment, a répondu l'Anglais sans me quitter des yeux, il ne les mange qu'au-dessus de vingt degrés. Mets-leur *leptomastyx dactylopii*. La coccinelle australienne que vous venez d'écraser, a-t-il enchaîné sur un ton hiératique, dites-vous bien que dans sa vie, elle aurait pu ingérer cinq mille œufs de cochenille.

– Je ne savais pas, ai-je répondu malgré moi, sans comprendre ce besoin de me justifier.

Il m'a regardé reboutonner ma chemise.

– J'ignore pourquoi vous êtes là, mais faites ce que vous avez à faire, a-t-il repris avec une émotion disproportionnée.

*

Nous sommes repartis à dix-sept heures quarante, le ventre vide et les sacoches pleines de factures insipides en double exemplaire – leur comptabilité puait l'honnêteté maladive, la rigueur et la bonne foi. Il serait difficile de trouver la petite bête, mais c'était le côté valorisant du métier. Ça excitait Raphaël. Moi, il y avait bien longtemps que les contrôles ne me provoquaient plus de montée d'adrénaline, mais j'exerçais ma suspicion légitime avec la même raideur qu'à mes débuts, au temps où chaque redressement d'un fraudeur me donnait l'illusion d'améliorer l'espèce humaine.

Du coin de l'œil, j'observais Raphaël qui conduisait son monospace avec brusquerie, énervé par les présences féminines qui nous avaient apporté sans relâche des pièces comptables plus inexploitables les unes que les autres – parfum discret, sein fugace contre l'épaule, bref contact d'une hanche en appui le temps d'un commentaire…

– Bonne soirée, a-t-il lancé d'un ton hargneux en me déposant devant mon portail. Moi, je vais aux putes.

Le pluriel était chez lui une forme de pudeur ou d'esthétique, pour enjoliver la maigre Albanaise chez qui il avait ses habitudes en face de la gare, les jours pairs, avant de rentrer pour le vingt-heures de France 2 dans son foyer fiscal à trois parts et demie.

3

Corinne couvait un début de grippe, et son fils avait ramené du lycée trois ados qui faisaient la gueule devant sa Nintendo. Le dîner expédié, je me suis retiré dans mon bureau pour éplucher mon exemplaire de la comptabilité Green War. Fidèles à une méthode qui a fait ses preuves, Raphaël et moi étudions toujours séparément les nouveaux dossiers avant de confronter nos trouvailles et nos points de vue. Mais cette nuit, bizarrement, mes efforts de concentration ne produisirent que des images érotiques ; une excitation obsédante dont Corinne aurait bénéficié si elle ne m'avait pas repoussé dans son demi-sommeil.

— Qu'est-ce qui t'a pris ? marmonna-t-elle au petit-déjeuner. Tu sais que je n'aime pas, quand je dors. Excuse-moi, je suis à cran.

Et moi j'étais perplexe. Les décolletés de chez Green War ne m'avaient pas émoustillé outre mesure ; jamais je ne mélangeais l'investigation et le voyeurisme. C'était peut-être le printemps. Ou l'intuition que j'allais découvrir quelque chose d'énorme dissimulé sous la bonne tenue d'une comptabilité limpide. Cela dit, je voyais mal comment les déductions au titre du développement durable, les bénéfices réinvestis en recherche sur les prédateurs et les subventions de Bruxelles avaient pu titiller soudain ma sexualité, passablement engourdie ces derniers temps par les refus de Corinne.

— Je ne vais pas bien, et je ne supporte pas de me voir comme ça, ajouta-t-elle en me serrant le poignet sous la tartine que j'étais en train de beurrer. Tu sais que ce n'est pas contre toi.

Je me suis abstenu de répondre. J'aurais préféré un peu d'hostilité à cette tendresse aride qui s'installait en elle. Plus j'avais soif de son corps, et plus notre relation se désertifiait.

— Tu as travaillé sur quoi, cette nuit ?

J'ai répondu en m'appliquant, pour lutter contre la contagion de sa détresse :

— Une PME qui élève des larves antiparasites, qu'elle expédie aux agriculteurs en fonction des attaques, des saisons, des cultures et des sols.

— Des insectes insecticides ?

— Voilà. C'est bio, c'est malin, et c'est extrêmement rentable.

— Elle est jolie ?

Une fraise de ma tartine est tombée dans mon café. Je n'ai pas réagi, j'ai demandé sur un ton soigneusement banal :

– Qui ça ?

– L'éleveuse d'insectes.

– C'est un grand rouquin associé à un petit chauve, pourquoi ?

Corinne a sorti son sachet de thé, et l'a regardé goutter au-dessus de la soucoupe. La douche de son fils coulait dans la canalisation, par-dessus France Bleu Berry qui donnait la météo.

– J'ai pris rendez-vous avec la prof principale de Julien, a-t-elle poursuivi. Elle s'est mis en tête de le faire redoubler. Elle dit que les notes ça passe, mais qu'il n'est pas assez mûr, et que je ne suis pas assez là, et que... Même chose au Centre médical : je fais trop de vacations et pas assez de domiciles... Je ne sais pas ce qu'ils ont tous à me tirer dans le dos, en ce moment, alors je t'en supplie, ne t'y mets pas toi aussi.

– Mais qu'est-ce que j'ai fait, Corinne ?

Elle a glissé sa tasse et le bol de son fils dans le lave-vaisselle, a enclenché le départ avant que j'aie fini mon petit-déjeuner.

– J'essaie simplement de te dire que, si c'est pour penser à une autre femme en me faisant l'amour, je préfère encore que tu me trompes.

Elle a pris sa veste et sa trousse médicale, déposé un baiser sur ma tempe.

– Mais pourquoi veux-tu que je pense à une autre ?

– Parce que je ne suis plus aimable. Et que j'ai senti combien tu te forçais, les dernières fois.

C'était tellement faux que je me suis trouvé à court d'arguments. Je me suis contenté de nier, en sachant qu'elle resterait sur ce qu'elle avait décidé de croire. Je l'ai accompagnée jusqu'à sa voiture. On s'est arrêtés sous le grand cèdre bleu qui occupait tout le jardin. Elle m'a enlacé, le temps de me glisser avec douceur :

– Dans l'état où je suis en ce moment, je veux bien te partager, mais pas servir de prête-cul.

Je l'ai regardée disparaître à l'horizon du lotissement, sans comprendre pourquoi elle me disait ça, et de cette manière. Le cœur dans les talons, j'ai conclu qu'elle en avait assez de notre histoire, et qu'elle me proposait cette porte de sortie qui nous ménageait l'un et l'autre.

À présent, bien sûr, j'ai une tout autre interprétation. J'ai appris à mes dépens que l'instinct féminin n'est pas un mythe. Elles savent toujours avant nous ce que nous allons leur faire subir.

*

– Je les tiens ! a claironné Raphaël quand j'ai débarqué au bureau, à neuf heures moins le quart.

Il m'a tendu les documents prouvant que la SARL Green War acquittait un loyer à la SCI Château-de-Grénant : il y avait donc suspicion d'arrangement entre actionnaires, pour sortir des comptes de l'entreprise des fonds bruts qui, du coup, devenaient des sommes nettes échappant aux charges sociales.

— Et toi, t'as trouvé quoi ?

J'évitai de lui mentionner les pulsions sexuelles que m'avaient inspirées les pièces du dossier, me contentant de souligner qu'au niveau de la facturation de leurs prédateurs, il y avait confusion entre les coûts de main-d'œuvre et de matières premières, avec incidence sur le taux de TVA.

— On y retourne ! décida-t-il en écrasant son chewing-gum dans le cendrier.

Avec un petit sourire en coin, il attrapa une clé USB.

— Sésame ouvre-toi, fit-il en l'agitant devant son nez, avant de la glisser dans sa poche.

Tandis qu'il enfilait sa veste, une anxiété impatiente me serrait le ventre. Ça n'avait rien à voir avec la concentration du vautour qui part en chasse. C'était une vieille sensation, un trouble effacé avec soin de ma mémoire, une émotion cautérisée depuis mes vingt ans. C'était comme l'angoisse d'un premier rendez-vous ; un mélange d'incertitude, de défi, d'espoir secret…

Tout cela, je me l'exprime aujourd'hui, après coup. Sur l'instant, j'ai pris une aspirine en accusant Corinne de m'avoir passé son début de grippe.

4

Je sonne. Personne. Je fais le tour du siège social qui semble désert. D'un commun accord, nous nous scindons : Raphaël part vers les anciennes granges à foin où sont stockés dix-sept tacots d'avant-guerre, tandis que je quitte les dépendances pour me diriger vers le château.

C'est une bâtisse imposante et plutôt disgracieuse, avec six tours carrées et une pointue. La restauration du XIXe a recouvert les façades d'un crépi ocre jaune, semé çà et là de pierres apparentes comme autant d'éruptions minérales – acné sénile dont mes yeux se détournent machinalement. Le genre de réflexe poli qu'on a devant une femme, pour éviter de lui faire sentir à quel point son lifting est raté. Seul le donjon médiéval a conservé son aspect d'origine, pierres grises disjointes et lézardes hérissées de ferrures de soutènement qui pleurent la rouille autour des meurtrières. Au deuxième étage, des reflets scintillent dans les petits carreaux. L'un des habitants qui m'observe avec des jumelles, ou l'effet des remous du soleil dans les douves.

Le gravier crisse sous mes pas tandis que je m'approche de la lourde porte en chêne écaillé, encadrée de gargouilles aux grimaces de mousse. Je lève la main pour actionner avec répulsion la chaîne du carillon, constellée de chiures d'oiseaux, lorsque je m'aperçois que le battant est entrouvert. Je le pousse en demandant s'il y a quelqu'un.

L'écho grinçant du bois sur le dallage affaissé me répond dans le silence. Un immense escalier de pierre brute me fait face. À travers les balustres j'aperçois des tapisseries pochées, des bat-flanc, des armures. L'éclairage rouge et bleu des vitraux fait danser des flaques de lumière sur les dalles.

Une curieuse sensation de douceur émane de cette architecture austère. Je me sens bien. En confiance – moi qui demeure toujours sur la défensive et en alerte dans le cadre de vie des contrôlés, traquant l'indice, le climat, l'intuition propices à révéler la fraude. Un sentiment de familiarité m'envahit à mesure que mes poumons s'emplissent de l'odeur d'encaustique, de cave humide et de feux éteints. Je me sens comme chez moi, ce qui ne m'arrive presque jamais, même à mon domicile. Ce n'est pas une impression de déjà-vu, mais de bien-vécu, d'harmonie ancienne qui m'accueille en toute sérénité.

Un sourire allonge mes lèvres. Peut-on parler de « bon vivant » pour qualifier un lieu ? C'est en tout cas l'expression qui me vient à l'esprit. Un château bon vivant. Des images de ripailles joyeuses et de siestes câlines viennent en surimpression sur ces voûtes de cathédrale désaffectée. J'aime ces volumes, cette ambiance trouble dans ce décor sévère, à l'opposé des intérieurs fonctionnels et cosy que je me suis toujours aménagés.

Au-dessus d'une console où traînent des jouets d'enfant, je remarque une épée dans une vitrine. Très courte ou cassée, noire et dentelée de rouille sur les tranchants, surmontée d'un blason anglais. Un mélange d'attirance et de répulsion me fige devant la vieille arme. J'ai terriblement envie de la prendre dans mes mains, je ne sais pas pourquoi, et cet élan me cause un vrai malaise.

– Bonjour ! Une petite signature ?

Je me retourne d'une pièce. Une factrice à blouson jaune et bleu, casquette de travers, écouteurs MP3 à l'oreille, me désigne son carnet de recommandés, avec un large sourire qui fait remonter ses lunettes façon hublots. Elle doit peser cent kilos, et se déplace avec une légèreté silencieuse sur ses Nike à bulles d'air. À peine ai-je le temps d'ouvrir la bouche pour la détromper qu'elle a déjà poussé une double porte, et disparu de ma vue.

Je la rejoins dans une gigantesque salle à manger aux boiseries sombres, six mètres sous plafond et vitraux d'ancêtres encadrant une table de monastère. Elle s'assied sur l'une des trente chaises Louis XIII en cuir bleu ciel, ouvre son carnet, et me tend un stylo. Embarrassé, je lui précise qu'il s'agit d'une erreur : je suis simplement de passage. Elle ne réagit pas. Le bras levé, le regard dans le vide, elle sourit d'un air attentif en pointant vers moi son Bic. Je répète avec une lenteur insistante que je ne suis pas de la maison.

– Si.

Étonné par la densité qu'elle a donnée à cette syllabe, je réitère ma mise au point. Elle émet un petit rire de gorge, la bouche fermée, sans me regarder, comme si elle entendait une blague dans son MP3. Elle ne bouge plus, le corps tout crispé mais le visage bizarrement détendu. Puis soudain elle frissonne, s'ébroue avec une vigueur d'hippopotame et se relève d'un bond. Sa main s'abat sur mon épaule.

– C'est bien que vous soyez revenu.

Je réplique que je suis agent du fisc dans l'exercice de mes fonctions, et que je cherche l'un des responsables de la société Green War pour lui notifier une mise en demeure. Elle me regarde avec une sorte de gourmandise réjouie.

– Pas mal, j'aime, ponctue-t-elle comme si je lui racontais le sujet d'un film. C'est Jérôme, votre prénom ? Guillaume ?

– Jean-Luc.

J'ai répondu sur un ton cassant, pour dissiper toute ambiguïté. Pas troublée pour autant, elle enchaîne d'une voix sourde :

– Vous êtes complètement lié à ces murs : y a une personne ici qui vous réclame, c'est d'une force…

J'interromps son délire, sarcastique, en précisant qu'il est rare que des contribuables en instance de VASFE se

languissent, avec l'insistance qu'elle évoque, du contrôleur en charge de leur dossier.

– Ça fait des siècles qu'elle vous appelle, dit-elle brusquement, avec des larmes dans la voix. Ne la faites plus
attendre.

Et elle chaloupe hors de la salle à manger, abandonnant son carnet de recommandés sur la table. Je le
ramasse et emboîte vivement le pas à la préposée, prenant
soudain conscience que je me trouve seul, devant témoin,
à l'intérieur du domicile privé d'un contribuable en son
absence – le contrôle porte sur la SARL et non la SCI :
danger de nullité de la procédure.

– Madame ! Vous oubliez votre...

Elle se retourne sur moi dans un sursaut, comme si
elle découvrait ma présence. Sa bouche se tord dans un
rictus, et elle m'arrache le carnet en criant :

– Salaud !

Elle se rue hors du château, monte au volant, claque sa
portière, démarre. Je regarde la fourgonnette jaune s'éloigner dans l'allée de peupliers. Encore plus que le comportement incohérent de cette illuminée, sans doute en état
d'ébriété postale à la fin de sa tournée, c'est le bruit de
castagnettes de son moteur Diesel qui me trouble. Comment se fait-il que je ne l'aie pas entendue arriver ? Étais-je
si absorbé dans ma contemplation du hall d'entrée ?

– Jean-Luc !

Raphaël trottine dans ma direction à petites foulées
régulières, son cartable serré sous le bras, m'informe fiè-

rement qu'il n'a pas rencontré âme qui vive et que, vu mon air bredouille, autant aller déjeuner à La Poule Faisane pour revenir ici dans l'après-midi.

– T'as une tête bizarre. T'as trouvé quelque chose ?

Il a stoppé devant moi sur le gravier, il me dévisage avec son excitation méthodique de chien d'arrêt.

– Non, rien.

J'ai parlé d'un ton faux, mais il n'y prête pas attention.

– Tant pis. Allez, à table !

*

Je n'ai presque pas desserré les lèvres de tout le repas. Entre chaque plat, Raphaël replonge dans son dossier pour continuer ses investigations. Lorsqu'on nous apporte le dessert, il vient de tomber sur les justificatifs d'un séjour d'une semaine à la Martinique en 2004.

– Vacances passées en frais professionnels : génial ! conclut-il en attaquant sa crème brûlée.

À quinze heures trente, le roux à queue-de-cheval qui s'appelle Jonathan Price nous ouvre la porte du siège social. Aucune allusion à notre visite de ce matin. Il précise juste que, si nous avons cherché à les joindre pour les prévenir de notre arrivée, l'entreprise était fermée, pour cause de Mérite agricole remis à son associé par le préfet de l'Indre. Mon collègue, indifférent à toute forme de pression politique, fonce droit vers l'ordinateur qui trône sur le bureau du décoré Maurice Picard, le petit nerveux exotique qui préside le conseil d'administration.

— Veuillez nous remettre vos fichiers, intime Raphaël en lui tendant sa clé USB.

— Mais ça va pas ? Vous avez déjà tout en sortie papier !

— L'ordinateur est prioritaire : dès lors qu'il vous sert à établir vos factures, il devient saisissable.

— Loi de 88, soupire l'Anglais, pour prévenir l'explosion de colère du méritant agricole qui est devenu écarlate.

— Et pourquoi je me suis cassé le cul à tout vous sortir en double ? écume Maurice Picard.

— C'est votre problème, sourit mon équipier d'un air placide.

Les yeux injectés de sang, le PDG en chemise à carreaux introduit la clé USB dans son unité centrale, et effectue la manœuvre en le traitant de queunard. Impassible, Raphaël sort de sa serviette un document prérempli, où il certifie avoir reçu ce jour copie des fichiers de la société Green War, laquelle reconnaît demeurer en possession des originaux. Après l'échange des signatures, il empoche la clé chargée des six ans d'activité de la firme.

— Merci, fait-il d'un ton neutre.

— Bande de rapaces, grince Maurice Picard.

— Je n'ai pas entendu. En revanche, j'attends vos explications sur les éléments que voici.

Les mâchoires du chauve à carreaux tremblent de colère tandis qu'il prend connaissance du mémo rédigé par mon collègue. Son associé vient lire par-dessus son épaule et, posément, réfute les trois points litigieux. En premier lieu, il rappelle que la SCI et la SARL n'ont que deux actionnaires communs, Maurice Picard et lui-même : elles demeurent donc parfaitement distinctes et libres de contracter entre elles un bail de location. Il justifie le montant des loyers par une estimation notariale, puis nous met sous le nez une correspondance avec le ministère de l'Outre-Mer, confirmant le séjour de prospection à la Martinique en vue d'éradiquer le puceron vert de la canne à sucre. Quant à la confusion entre produits et services au niveau de la facturation des prédateurs, il se retranche derrière le secret industriel, justifié par les prises de brevet et les classes de protection souscrites auprès de l'INPI. À court d'arguments chiffrés, Raphaël riposte qu'un insecte est une créature vivante, et qu'on ne peut donc pas le breveter.

— Non, mais l'usage qu'on a l'idée d'en faire, oui, rétorque aimablement Jonathan Price.

Je regardais par la fenêtre la silhouette du château derrière les marronniers. Le donjon apparaissait entre les branches au gré du vent, et je guettais malgré moi le scintillement dans la fenêtre du deuxième étage, comme si la sensation d'être observé aux jumelles devenait peu à peu obsessionnelle. La voix de la factrice claquait en écho dans ma tête à intervalles réguliers, me traitant de salaud, et son cri de reconnaissance déclenchait une résonance bizarre. Quasi voluptueuse.

Je me sentais ailleurs. Décalé. Je n'entendais plus la conversation dans mon dos ; je percevais une rumeur sans en saisir le sens. L'odeur autour de moi avait changé, imperceptiblement. Dans ces dépendances transformées en bureaux, j'imaginais les anciennes écuries. La paille chaude, la sueur des chevaux, les senteurs aigres-douces du crottin mêlé au salpêtre, le chuintement lancinant d'une fontaine...

– Tu viens ?

J'ai sursauté. Raphaël, son cartable en main, tenait la poignée de la porte.

Dans la voiture, il a commenté ma distraction avec un plissement d'ironie dans les sourcils, avant de me demander, d'un ton égrillard, si par hasard je n'avais pas une anguille sous roche – manière élégante à ses yeux, je suppose, de chercher à savoir si je trompais Corinne. Je suis resté évasif, pour qu'il continue de s'imaginer ce qu'il voulait en silence. Les turpitudes qu'il prêtait aux autres donnaient de la saveur, probablement, aux minables rogatons qui meublaient sa misère affective.

Je n'étais entré qu'une fois chez lui : marmaille, épouse aigrie entre couches et biberons, télé à plein volume pour couvrir les caprices et les engueulades. Mon foyer, en comparaison, m'apparaissait comme une délicieuse chambre d'hôte.

– N'empêche, t'es pas dans ton assiette, Jean-Luc. T'es sûr que tu t'es pas chopé une entité ?

– Une quoi ?

– Une forme-pensée, un égrégore – une merde, quoi. Avec tout ce qui traîne dans ces châteaux. En plus je les sens pas du tout, les deux loustics : c'est le genre à bidouiller dans le bas astral. Monte chez moi, je te file un oignon.

– Ça va, merci.

– Une médaille de la Vierge, au moins. Je t'assure, t'as pas bonne mine. Je parie qu'ils t'ont piqué une patate.

– C'est quoi, ça, encore ?

– Comme les aiguilles dans la poupée, mais en pire. La patate germée, c'est moins ciblé, mais c'est tellurique. Si tu te sens attaqué, cette nuit, tu les colles au freezer, OK ?

– C'est-à-dire ?

– Tu écris leur nom sur des papiers roulés que tu fourres dans un bac à glace : ça fige le sort qu'ils t'envoient. Promis ?

– Ce sera fait.

*

À dix-sept heures trente, j'ai déposé le congeleur de sorts devant chez lui avec sa clé USB, et je suis allé attendre Julien. Un mercredi sur deux, je l'emmenais à la piscine, poursuivant une tradition instaurée par l'homme qui m'avait précédé dans la vie de sa mère. À seize ans passés, il était en âge d'aller nager tout seul, mais Corinne trouvait sécurisant pour lui que je maintienne ce genre de repères. Julien me confiait de son côté qu'il n'aimait plus trop barboter dans le chlore, mais que, si ça ne m'ennuyait pas, ça faisait plaisir à sa mère et c'était sympa de la rassurer, vu ce qu'elle avait dégusté avec les mecs avant moi, son père en tête.

J'aimais bien leurs rapports, cette sollicitude mutuelle, cette intelligence du cœur qui les unissait par une angoisse vigilante, et mon rôle de confident bilatéral me convenait tout à fait. Je n'avais pas fondé de famille, j'avais fait mon nid dans les décombres d'un foyer ravagé, et j'assumais les fonctions de stabilisateur entre une femme indépendante et un gamin autonome. Pour quelqu'un comme moi, c'était idéal. Je me sentais utile, je créais de l'harmonie, je n'avais pas de comptes à rendre et mon seul devoir était le produit de mes choix. Pourquoi ce bel assemblage s'était-il fissuré ? La distance que Corinne avait mise entre nos corps n'était pas seule en cause. Je pensais tenir à cette vie, mais autre chose m'appelait – j'ignorais quoi, j'ignorais où.

– T'as l'air zarbi, aujourd'hui, m'a dit Julien quand j'ai sorti la tête de l'eau.

Il venait de me battre pour la première fois au cent mètres crawl. J'ai mis sur le compte de ma défaite l'état glauque dans lequel il me voyait. Il n'a pas été dupe.

– T'inquiète, pour maman. C'est pas contre toi si elle est chiante, en ce moment... Elle se gave la tête avec mes profs.

J'ai acquiescé. Même si mon intimité avec Corinne

en prenait un coup, je ne détestais pas qu'il se sente responsable des tensions qu'il percevait entre nous. À moins que ce soit simplement un réflexe de diplomatie pour ménager notre couple, de peur que sa mère se retrouve seule encore une fois.

– Ça t'emmerderait, toi, que je redouble ?

– Tout dépend de ce que tu ferais d'une année de plus.

– Si c'est pour me retaper les mêmes profs…

– OK. Ou tu passes en première, ou on te change de lycée. Ça marche ?

– Ça marche. À part ça, pour Chloé, j'ai une bonne nouvelle.

Il avait dit ça sur un ton lugubre. J'en ai conclu que sa petite amie était sélectionnée pour le championnat d'Europe de DDR, une sorte de danse acrobatique sur les cases d'un tapis électronique, où il faut bouger ses pieds en même temps que les flèches qui traversent un écran.

– Tu lui diras bravo de ma part.

– C'est à Berlin, début juillet. Mais maman voudra pas que j'y aille. Surtout si je redouble.

J'ai promis de lui en parler au dîner, on a refait un cent mètres, et il m'a laissé gagner.

*

Le soir, dans le dos de Corinne, on a échangé un regard par-dessus nos pizzas surgelées. Vu son état, on a décidé d'un commun accord que le moment n'était pas idéal pour bouleverser le programme des vacances. Les antibiotiques avaient enrayé son début de grippe, mais lui avaient déclenché curieusement une rage de dents.

Elle s'est couchée après le film, elle s'est endormie tout de suite, et j'ai joué avec Julien sur sa Nintendo jusqu'à plus d'heure. Quand je me suis glissé sous la couette, Corinne a grogné dans son sommeil, et j'ai eu une réaction étrange. J'ai retenu mon souffle en souhaitant qu'elle ne se réveille pas. Comme si je regagnais mon lit après avoir passé la nuit avec une autre femme.

5

J'ai appris le drame à huit heures quarante-cinq. Je roulais vers l'hôtel des impôts, en écoutant d'une oreille distraite *La Matinale de Serge*. C'était un ancien psy de la capitale, longtemps célèbre pour ses chroniques nocturnes sur France Inter, avant que l'hostilité d'un directeur d'antenne n'ait provoqué son transfert sur France Bleu Berry. L'horreur absolue, pour un rationaliste goguenard pilier des nuits parisiennes : on lui a donné la tranche de sept à neuf, où les auditeurs appellent pour soumettre leurs problèmes d'esprits frappeurs, de bétail envoûté et de récoltes séchées sur pied par un jeteur de sorts.

D'habitude, ces histoires à dormir debout m'amusaient plutôt. Il m'arrivait même de ricaner comme l'animateur devant les ravages de la superstition chez ces bouseux en détresse, qu'il tentait de ramener à la raison par le sarcasme et la logique freudienne. Mais, ce matin, j'éprouvais une colère bizarre. Sans comprendre pourquoi, je me sentais attaqué par les moqueries de Serge Lacaze ; je me sentais solidaire de ces auditeurs qui avaient le courage de s'avouer confrontés à l'inexplicable, et qu'un aigri décentralisé tournait en ridicule pour se venger de son exil chez eux.

J'étais en train d'écouter le récit d'un cantonnier, tombé dans un fossé avec son tracteur à cause d'un feu follet, lorsque mon portable a sonné. C'était la femme de Raphaël Martinez. Entre deux sanglots et trois hurlements pour faire taire sa marmaille, elle m'a appris la catastrophe.

Mon collègue, après le dîner, avait introduit sa clé USB dans son PC pour travailler sur la comptabilité de Green War. Il s'était connecté par Internet sur le logiciel de recoupements/croisements installé sur le terminal de la brigade, et c'est alors qu'un chevalier en armure était apparu sur son écran. « Mort à toi, manant ! Je rase tout sur mon passage ! » En voyant le virus détruire en quelques secondes tous ses fichiers personnels, et contaminer de surcroît les ordinateurs du Centre des impôts, Raphaël avait fait une syncope. Le SAMU l'avait transporté au service des urgences de l'hôpital George-Sand.

Au premier croisement, je pris la direction de Bourges, tout en appelant la brigade où le technicien informatique me rassura. Les antivirus, les patchs et correctifs avaient limité les dégâts : seules une centaine de déclarations fiscales et de procédures en cours avaient été infectées. Le médecin des urgences, lui, fut beaucoup moins optimiste :

– Le choc nerveux a déclenché plusieurs pathologies sérieuses. En outre, il souffre de confusion mentale ; ses propos sont totalement incohérents.

– Qu'est-ce qu'il dit ?

– Que c'est à cause d'un oignon, qu'il a oublié de le changer – des choses comme ça…

J'ai avalé ma salive, embarrassé. Si mon collègue se croyait envoûté par les gens du château, via un virus informatique, ce n'était pas vraiment nécessaire d'en faire part au corps médical. Je me suis contenté de laisser entendre qu'il s'agissait, non pas d'un symptôme d'alzheimer, mais d'un code en vigueur dans notre jargon fiscal, relevant du secret professionnel. L'urgentiste n'a pas insisté. Il m'a remercié de l'avoir rassuré sur l'état mental de son patient, et il est retourné s'occuper d'un autre.

Comme les visites n'étaient pas autorisées, j'ai laissé un mot à Raphaël pour lui dire que le virus était sous contrôle, que tout allait bien et que je m'occupais des poursuites éventuelles contre Green War. Après un crochet par son domicile, pour récupérer au milieu des couches et des biberons sa clé USB, je suis arrivé à la brigade où je l'ai confiée pour analyse à la maintenance informatique.

Jusqu'en milieu d'après-midi, j'ai participé aux opérations de sauvetage et récupération des dossiers. Puis, le technicien m'ayant confirmé que le virus provenait bien de la clé de Raphaël, je lui ai demandé de m'accompagner au siège de Green War.

*

Maurice Picard et Jonathan Price étaient en rendez-vous avec un journaliste du *Berry républicain*, qu'ils ont pris aussitôt à témoin de leur bonne volonté face à l'inquisition fiscale. Mon technicien a branché son matériel de détection sur le disque dur dont Raphaël avait copié le contenu, et son verdict est tombé au bout de quelques minutes :

— Protection Firewall intacte, recherche négative sur spywares, botnets, phishing, cookies et chevaux de Troie.

Face à mon air inexpressif, il a traduit :

— Aucun virus. Ce disque dur n'a pas subi ni lancé la moindre attaque.

Tandis que l'Anglais raccompagnait le reporter, le petit PDG, qui avait troqué sa chemise à carreaux contre un sweat préconisant l'arrachage du maïs transgénique, a tourné vers moi sa face pointue figée dans un sourire suave :

— Désolé pour vot'copain, mais il se l'est chopé ailleurs, son virus. Sur un site de cul.

J'ai sursauté, m'efforçant de demeurer neutre.

— Qu'est-ce qui vous permet de dire ça ?

— Mes informateurs, répond-il avec un naturel parfait, en désignant un pendule à pointe de cuivre posé sur son bureau.

— C'est-à-dire ?

— Rien. Je protège mes sources, comme vous. Mais je suis catégorique : allez scanner sa bécane, et vous verrez.

J'interroge du regard mon technicien, qui abaisse les

paupières. Je téléphone à Mme Martinez pour lui annoncer l'arrivée de l'informaticien, à qui je donne l'adresse et qui repart aussitôt sur sa moto.

– Quoi d'autre ? lancent en chœur les deux associés, mains dans le dos, en me contemplant avec une bonhomie narquoise.

Je leur présente les excuses de l'administration fiscale et, pour ne pas donner l'impression d'être venu dans le seul but de les incriminer à tort, je leur demande la liste des véhicules de la société, avec relevés kilométriques, tableaux d'amortissements et déductions des frais.

– On vous donne tout sur papier, c'est plus prudent, sourit Maurice Picard quelques minutes plus tard, en déposant quatre piles de dossiers sur le bureau que je squatte.

Et son associé me tend des gants de latex, en ajoutant sur un ton sobre :

– Par précaution, au cas où on aurait enduit de poison la tranche des feuilles.

J'ai compris. Si jamais le contrôle débouche sur un redressement, je n'échapperai pas à une plainte pour accusation diffamatoire. Crainte que vient confirmer sur mon portable, une heure plus tard, le rapport d'expertise informatique : effectivement, le virus a été contracté par Raphaël hier soir à vingt-trois heures quarante-huit, pendant sa connexion sur le site www.fuckme.com. Bien qu'ayant gardé l'information pour moi, je croise une lueur de triomphe tranquille dans le regard en coin de Maurice Picard.

— Mes informateurs ne se trompent jamais, souligne-t-il en empochant son pendule. C'est grâce à eux si nous sommes devenus la quatrième PME de l'Indre.

À titre de renseignement, je lui demande d'un ton banal s'il s'agit de feux follets, d'extraterrestres, ou d'anges gardiens.

— À vous de cocher la case, me répond-il très sérieusement, comme s'il s'en remettait à mes critères d'évaluation.

Il enfile une blouse verte, couvre sa calvitie avec un bonnet de chirurgien, ajuste un masque à gaz, puis rejoint ses laborantins dans la serre. L'Anglais m'explique, les yeux dans les yeux :

— Nous mettons au point un piège sexuel à phéromones, pour éliminer les chenilles processionnaires.

Plus rien ne me retient. Je photocopie les documents qui m'intéressent, les enfouis dans mon cartable. C'est alors que la pluie commence à tomber. Quelques gouttes sur la lucarne au-dessus de ma tête, qui presque aussitôt se changent en trombes d'eau. Je me rappelle soudain que je n'ai pas fermé mon toit ouvrant.

— Je vous accompagne, propose Jonathan Price en prenant un grand parapluie promotionnel, qui montre un commando de larves géantes dévorant d'un air débonnaire des chenilles agressives sur des épis de maïs qui applaudissent.

On sort sous l'averse diluvienne et je m'engouffre dans la Clio, dont les fauteuils baquets en cuir sport sont déjà des bains de siège. Je tourne la clé de contact, enclenche la commande électrique du toit. Rien ne se passe. Pourtant tout le reste fonctionne : radio, phares, essuie-glaces…

– Un souci ? s'informe l'Anglais.

Je lui fais constater la situation, tout en contrôlant les fusibles qui apparemment sont intacts. Il s'en va, et revient au bout d'une minute avec une bâche qu'il fixe par-dessus mon toit, en accrochant deux tendeurs aux poignées de porte.

– Merci, mais je ne pourrai pas conduire avec ça…

– Attendez la fin de l'averse.

Il me ramène à l'intérieur, me propose du thé. À la troisième tasse, la pluie n'a toujours pas diminué. Voyant l'anxiété croissante avec laquelle je regarde l'heure, mon contrôlé me demande, sur un ton de gentillesse un peu sadique, si je suis en retard pour mon rendez-vous suivant. J'acquiesce. J'ai dissuadé Corinne de prendre sa voiture, à cause de l'anesthésie : elle m'attend chez le dentiste.

– Qu'est-ce qui se passe ? s'enquiert Maurice Picard au sortir de la serre.

Son associé lui expose mon problème.

– Eh bien je l'emmène, décrète le PDG en retirant sa blouse.

Je réponds que c'est aimable de sa part, mais que je vais me débrouiller.

– Votre auto ne risque rien, appuie Jonathan Price. Vous reviendrez la prendre demain, quand il fera sec. De toute façon, Maurice doit aller à Châteauroux.

Je décline l'offre, avec un sourire à peine courtois. Ne jamais créer de liens de dépendance, ne jamais se sentir redevable envers des contribuables. Surtout quand on vient de leur faire un procès d'intention sans fondement.

– Je commande un taxi, merci.

Je compose le numéro de la compagnie en mémoire dans mon téléphone. Mais la ville est submergée par le déluge ; aucune voiture n'est disponible. Corinne m'appelle, m'informe d'une voix pâteuse qu'elle a fini depuis vingt minutes et que le cabinet dentaire ferme à sept heures : si je n'arrive pas d'ici là, le prothésiste est d'accord pour la ramener à la maison, mais ça la gêne et j'aurais pu faire un effort.

– Bon, il se décide ou pas ? s'impatiente Maurice Picard en boutonnant son ciré jaune. C'est l'anniversaire de ma sœur, et le pâtissier ne va pas m'attendre cent sept ans.

À court d'objections, je me retrouve coincé dans une guimbarde d'avant-guerre qui nous ballotte avec un bruit de mixeur dans les ornières de l'allée interminable.

– Elle a quel âge ? demandé-je pour meubler le bruit.

– C'est une T10 Junior de 1935, et elle n'est pas au nom de la société, répond-il sur un ton net. Valeur d'expertise quarante mille euros, mais, comme vous le savez, les autos de collection sont exonérées d'ISF au même titre que les œuvres d'art.

— Non, je voulais dire : votre sœur. Ça lui fait quel âge ?

La question manque peut-être de délicatesse, mais j'ai à cœur d'éviter les sujets fiscaux dans un contexte privé.

— Cinq mois.

Je m'étonne poliment de leur différence d'âge.

— Ma mère l'a perdue au cinquième mois de grossesse, en 1960. Chaque année, elle lui commande un vacherin pour souffler ses bougies.

Sa voix recèle autant de tristesse que de résignation. J'observe son visage ; je n'y vois que la tension de la conduite sous les rafales de pluie. Ces gens sont décidément tous un peu dérangés, mais avec un tel naturel que leur vision des choses en devient quasi contagieuse.

Une odeur de graillon a envahi l'habitacle. Il enchaîne sans transition :

— J'adore les voitures, mais je suis contre les énergies fossiles et je ne crois qu'au recyclage, alors je fais la tournée des restos et je récupère l'huile de friture. C'est un excellent carburant, à condition de la filtrer deux fois et de modifier le carbu : mes informateurs m'ont donné la recette. L'été on roule au tournesol, l'hiver au colza ou aux pépins de raisin.

Prenant sans doute la nausée que je retiens entre mes dents serrées pour un signe extérieur de suspicion, il précise :

— Sans rien déduire fiscalement au titre des biocarburants, vous l'avez noté.

– Et elle s'appelait comment, votre sœur ?

– Mauricia, répond-il en soupirant d'un air fataliste.

Sa tête oscille au rythme du petit essuie-glace anémié, cherchant l'axe de l'allée entre les gouttes qui martèlent le pare-brise. Je revois le visage bouleversé de la grosse factrice, parlant d'une personne censée m'attendre au château depuis des siècles. Apparemment, si fantôme il y a, ce n'est pas la sœur de Maurice. J'ai du mal à comprendre l'accès d'allégresse que me déclenche cette réflexion.

– Pardon d'être indiscret, reprend-il en franchissant un petit pont en dos-d'âne au-dessus d'une rivière, mais mes informateurs m'ont dit que beaucoup de choses allaient bouger dans le passé du château, à cause de votre venue. Ils n'ont pas précisé quoi ni pourquoi. Vous avez des origines anglaises ?

Je réponds d'un air fermé que je suis de l'Assistance publique.

– Je n'ai pas retenu votre nom.

– Jean-Luc Talbot.

– Nom de Dieu !

Le coup de frein me projette en avant ; ma tête cogne le haut du tableau de bord.

– Talbot ! Mais c'est pas vrai, j'y crois pas ! La T10 Junior que je conduis, c'est une Talbot !

Je réponds que la coïncidence est amusante, oui, bon, mais ce n'est pas une raison pour m'envoyer dans le pare-brise.

– Y a pas de hasard ! exulte-t-il d'une voix qui déraille.

Pourquoi j'ai pris celle-ci, aujourd'hui, machinalement, et pas la Delahaye, la Delage, la Panhard et Levassor, la Lorraine-Dietrich ? J'avais une chance sur dix-sept de sortir la Talbot !

Je lui fais observer que l'heure tourne et qu'on a calé. Il me boit des yeux en secouant la tête, émerveillé :

— Vous ne comprenez pas ! Y a quatre ou cinq ans, je ne sais plus, on a reçu un message : *Bientôt viendra l'homme que nous attendons, celui qui dénouera les liens, celui qui libérera les âmes, celui qui se meut en son nom.* Pendant des semaines, on a cherché à élucider le rébus. Ça ne voulait rien dire, « celui qui se meut en son nom » : quatre-vingt-quinze pour cent des gens se déplacent sous leur véritable identité… C'est vous ! C'est le signe ! Un Talbot dans une Talbot !

De joie, il tambourine sur son volant, faisant bouger la guimbarde arrêtée sur le pont. Ou ce type est sous Prozac, ou son contrôle lui est monté à la tête, ou il me prend pour une bille. S'il a sorti par un temps pareil cette antiquité à capote poreuse, c'est peut-être justement parce qu'elle porte le même nom que moi, et il feint de l'avoir oublié — mais à quoi rime ce cirque ?

— En plus, reprend-il de plus belle, vous êtes bilingue !

— Pas vraiment.

— Mais si ! Talbot, en anglais, ça se dit *Talbotte*. Le connétable anglais qui combattait Jeanne d'Arc ! Y a tout qui résonne avec vous, ici, c'est dingue de chez dingue !

Je m'abstiens de tout commentaire. Visiblement, il a

une idée derrière la tête, avec ses faux hasards en série, mais laquelle ? Il finit par redémarrer, au terme d'une dizaine de ratés qui ont ébranlé tout le châssis.

– Non, je vous dis ça parce qu'on vient de franchir la frontière.

– Quelle frontière ?

– Pendant la guerre de Cent Ans, l'Angleterre commençait ici, de ce côté de la rivière. C'est pourquoi mes informateurs m'avaient conseillé de m'associer avec un Anglais : ça réduit les vibrations hostiles.

Dans une embardée, il lâche son levier de vitesse pour me serrer le poignet, soudain anxieux.

– Vous vous sentez comment ? Mieux, moins bien ? Vous voulez que je recule, que je retourne en France ?

– Non, ça va, merci.

Je me demande pourquoi il essaie à toute force de me projeter dans le passé. Son but est-il seulement de me détourner de ses affaires au présent, ou y a-t-il un traquenard qui m'échappe ? Je ne crois pas à l'au-delà, mais j'aime bien sentir les intelligences terrestres en action, quand elles se mobilisent contre moi. C'est même ce que je préfère dans mon métier. Là, je suis servi.

Soudain une bourrasque nous déporte vers la rivière. Il accélère en patinant dans la boue, redresse le cap avec des grognements d'effort, arc-bouté sur son gros volant sans direction assistée. Un éclair déchire la brume, puis un craquement de fin du monde recouvre les rugissements du moteur. Vingt mètres devant nous, l'un des immenses tilleuls qui encadrent le portail se couche au ralenti, abattant un pan de mur.

— Queunard ! crie Maurice Picard en écrasant la pédale de frein.

La voiture a calé, de nouveau. L'éleveur de prédateurs cogne du poing le tableau de bord. Il se rejette en arrière, fouille dans ses poches, sort son pendule en cuivre, le tient devant son nez au bout de la chaîne, et le regarde tourner au gré du vent qui secoue la vieille voiture.

— Bon, soupire-t-il, c'est pas un hasard. Vous êtes coincé ici.

Je nettoie la buée autour de moi.

— Il y a bien une autre sortie ?

— En voiture, non. Ce n'est pas grave : vous prévenez votre famille, vous passez la nuit chez nous, et demain on débitera l'arbre.

Consterné, je proteste, évoque ma compagne qui m'attend chez le dentiste, lui demande de forcer le passage, mais la masse gigantesque du tilleul qui barre l'allée réduit à néant tout espoir. Il essaie de redémarrer, en vain. Apparemment, le moteur est noyé.

— On n'a pas le choix, monsieur Talbot. J'espère que vous ne tenez pas trop à vos chaussures.

Il ouvre sa portière d'un coup de genou, déplie un mini-parapluie que le vent lui arrache. Le ciré jaune remonté sur le crâne, il fonce à travers les flaques. Abritant mon cartable sous ma veste, je le suis en courant jusqu'au château.

*

Un long jeune homme stressé au teint pâle nous accueille à la bougie dans le grand hall, et réagit par un signe de croix quand Picard lui annonce la chute du tilleul. Il m'aide à ôter mon veston détrempé en disant qu'il s'appelle Louis, qu'il est le compagnon de Jonathan Price. Il ajoute qu'il est désolé pour moi : le courant a sauté mais le fourneau marche au gaz ; on me rajoute un couvert. J'émets une vague protestation, tétanisé par la pluie glacée qui a transpercé mes vêtements.

— Entrez vous sécher devant le feu, poursuit-il en m'entraînant avec une grâce anxieuse vers la salle à manger.

Je bredouille que je dois téléphoner. D'une moue navrée, il répond que l'orage a interrompu la ligne, et que les portables ne fonctionnent pas à l'intérieur du château. Quand je serai réchauffé, il me conduira dans les bureaux de Green War, où il y a du réseau. J'éternue.

— À vos souhaits, fait une voix de femme.

Je me retourne, découvre la factrice en civil, pantalon de cuir noir et chemisier à fleurs, qui tient de travers un chandelier à sept branches.

— Vous connaissez Marie-Pierre, je suppose, notre fée du courrier, glisse le jeune homme sur un ton de maîtresse de maison.

— Non, mais je suis ravie qu'on se rencontre, répond la préposée d'un air catégorique, en me fixant avec insistance. Vous allez attraper la mort : venez prendre une douche.

Et elle rétrécit son regard derrière ses lunettes en hublots, comme pour souligner la connivence qu'elle instaure entre nous. J'ignore pourquoi mais, visiblement, devant les gens de Green War, elle a décidé de me couvrir, de taire ma présence illicite à leur domicile hier après-midi. À moins qu'elle ait tout oublié de l'état second dans lequel elle s'est mise, lorsque j'ai refusé de signer son accusé de réception.

Mal à l'aise, je la suis dans le grand escalier, ressassant les pièges dans lesquels je tombe l'un après l'autre : irrégularité de procédure, accusation diffamatoire injustifiée, risque de présomption d'entente et liens personnels avec des contribuables en cours de contrôle...

À la lueur de son chandelier, la grosse silhouette à fleurs s'engage d'un pas mécanique dans un long couloir où s'accrochent des ancêtres. Curieusement, les femmes de la famille, avec leur pâleur tendre et soucieuse, ressemblent presque toutes au compagnon de Jonathan Price, comme si les propriétaires successifs du château avaient eu les mêmes goûts, ou qu'un gène volatile ait déteint sur les pièces rapportées.

On est déjà passés devant deux salles de bains, et la postière continue d'avancer comme un automate sur les tapis élimés. Je me demande quels sont ses liens exacts avec les gens du château. Elle ne figure pas parmi les actionnaires, et elle se comporte comme si elle était en pays conquis.

Elle s'immobilise, revient quelques pas en arrière, ouvre un panneau incurvé dans les lambris. Brusquement on change de siècle, passant des dorures fatiguées de la Renaissance à la sobriété médiévale. Elle me précède dans l'escalier à vis du donjon de pierre grise, descend un étage en contournant les fientes de pigeon, s'arrête devant une porte entrebâillée, me cède le passage. Un trac bizarre me serre le ventre, au moment où j'entre dans une pièce ronde percée de trois meurtrières, meublée comme un grenier d'antiquaire. Lit à baldaquin mauve, pétrin, banc d'écolier, secrétaire Louis-Philippe, vaisselier vide, fauteuils crapauds, lutrin de monastère... Je m'approche de la fenêtre à meneaux qui regarde vers les dépendances – peut-être celle dont les vitres scintillaient, la veille, quand je me sentais observé.

– C'est très, très fort, murmure l'employée de la Poste d'une voix creusée. C'est ici. C'est ici qu'on vous réclame.

Je retiens ma respiration. Non seulement elle n'a rien oublié de notre rencontre, mais son ton laisse clairement entendre qu'elle reprend son délire d'hier après-midi, là où elle l'avait interrompu.

Le courant électrique revient, baignant la tour d'une lueur jaune issue des projecteurs accrochés dans les douves. La factrice pose son chandelier sur la cheminée, et s'assied vivement devant l'abattant du secrétaire, le souffle court.

— Il me faut des feuilles, vite ! C'est un message pour vous ! Une femme !

Je demeure immobile sur le seuil. Elle ouvre un des tiroirs, sort un bloc de papier à lettres, débouche un stylo et se met à griffonner. Je m'approche, malgré moi. C'est sans doute ce qu'on appelle l'écriture automatique : elle laisse la plume courir n'importe comment devant elle, sans regarder la feuille, le corps secoué de soubresauts, les yeux roulant dans les orbites. Et ça dure. Ça paraît spontané, mais comme le fruit d'une mise en scène. Il y a douze tiroirs dans ce secrétaire, et elle a trouvé le papier du premier coup. Peut-être qu'elle passe son temps à jouer les entremetteuses entre le monde invisible et les invités d'un soir. La postière des âmes en peine... Ça devrait me faire sourire, mais quelque chose m'oppresse ; le crissement de la plume sur le papier rêche m'évoque une plaie qu'on gratte, une douleur qui se réveille... La factrice gémit tout en souriant, se contorsionne en poussant ; on dirait qu'elle souffre avec bonheur comme pour un accouchement.

Je frissonne. Malgré la gêne de mes vêtements trempés, je n'ose pas l'interrompre pour lui demander où est la douche promise. L'air s'est raréfié dans la chambre, la température a baissé et je me sens brusquement sans forces, comme si toute l'énergie disponible était détournée par l'employée de la Poste pour animer d'un mouvement autonome un stylo.

Voilà que je délire, moi aussi. Même si elle paraît en

transe, même si ses réactions musculaires semblent échapper à son contrôle, je dois garder présent à l'esprit que, si elle n'est pas complètement à la masse, c'est qu'elle se fout de ma gueule – pire : elle me met en situation de passer pour un illuminé qui reçoit du courrier de l'au-delà. Un élément de plus à ma charge, dans le dossier de défense fiscale que ses amis sont sans doute en train de monter contre moi.

Elle pousse soudain un soupir de phoque et se rejette en arrière, dans un craquement de chaise. L'air soulagé, elle me tend la feuille en murmurant :

– Voilà.

Je jette un œil aux lignes bleu turquoise qui s'enchaînent sans espaces ni ponctuation. Elle se lève avec une légèreté incroyable pour sa corpulence, se déplace sur ses Nike à air comprimé jusqu'à une armoire où elle prend deux serviettes, un pantalon, un pull et une paire de mocassins qu'elle dispose sur le lit. Puis elle quitte la chambre sans un regard en me lançant, d'une voix naturelle, que j'étais attendu ici depuis six siècles et qu'on passe à table dans un quart d'heure.

6

Je me retrouve seul dans le silence liquide. La pluie s'est arrêtée, relayée par le goutte-à-goutte qui tombe des chenaux troués dans l'eau vaseuse des douves. J'ai très chaud, soudain, la gorge sèche et les mains moites. Je commence à me déshabiller, et puis je m'arrête, je reviens vers le secrétaire.

J'allume la lampe à opaline, approche la feuille de l'ampoule. Péniblement, je déchiffre les membres de phrases liés par un trait continu qui zigzague de ligne en ligne.

Bonheur dans le château – une attente si longue – où étais-tu mon chevalier – pourquoi ils m'ont empêchée de venir à toi – m'ont gardée dans la pierre et maintenant je retrouve mon bien-aimé toujours aimant – délivre-moi – emporte-moi – amour toujours pour éternité – Isabeau.

Je repose la feuille, en avalant ma salive. Je vois ce que c'est : l'inconscient de la postière, chauffé par la testostérone, qui s'identifie à une damoiselle abandonnée par un chevalier de passage. Et naturellement c'était moi, dans une vie antérieure. Frustration, compensation, transfert dans l'occulte. Mon expérience en ce domaine – j'ai redressé deux voyantes et trois marabouts de luxe sur l'exercice 99, grande année de trésorerie pour les marchands d'irrationnel –, mon expérience m'a appris que ceux qui essaient de faire parler les morts de manière obsessionnelle sont, généralement, ceux qui ont le plus de mal à dire aux vivants ce qu'ils ont sur le cœur.

N'empêche, je me sens bizarre, dans cette chambre étouffante où, à la lueur poussiéreuse des projecteurs de façade, j'ai l'impression que mes habits trempés se sont mis à fumer. Une brume entêtante flotte autour de moi, tandis qu'un étau serre ma nuque.

Je relis la lettre, gagné par une émotion étrangère qui se substitue aux miennes – je n'ai connu cette sensation qu'une fois dans ma vie, avec Arthur, le chat errant qui m'avait adopté à la DDASS. Lorsqu'il venait se glisser contre moi, quand je le nourrissais en cachette, j'avais l'impression de partager sa mémoire, ses joies, ses peurs, de voir le monde à sa manière, de me regarder avec ses yeux. Pourquoi ce souvenir enfoui revient-il soudain avec une telle précision ?

J'ai froid et j'ai faim, en fait, et je me sens pris en otage. Mais il y a autre chose d'assez paradoxal, qui se confirme tandis que je m'abandonne au jet de la douche dissimulée dans un placard. À mon corps défendant, la page d'écriture bleue m'a mis dans l'état que provoquent d'habitude les dessous de Corinne, quand je les suspends sur le fil de ma buanderie. Une excitation solitaire, joyeuse, ludique ; un creux au ventre et le sang qui fourmille.

Pour réduire la pression, je m'efforce de faire revenir devant mes yeux la silhouette difforme qui tenait le stylo, et je me sèche en fredonnant la « Chevauchée » de *La Walkyrie*. Wagner me fait débander sans trop de difficultés, et je constate, un peu surpris, que le pantalon, le pull et les chaussures que m'a donnés la postière sont pile à ma taille. Le hasard fait bien les choses – cela dit, j'ai des mensurations standard. À moins qu'une prophétie médiévale n'ait précisé dans les archives du château le profil du Talbot qui se meut en Talbot : « Un 44 chaussant du 42 viendra au XXIe siècle délivrer Isabeau. »

Je ris tout seul en me recoiffant, malgré la situation délicate où je me trouve. Il faudra que je fasse signer à mes contrôlés de Green War une déclaration étayée par un bulletin de Météo France, attestant le cas de force majeure qui, indépendamment de leur volonté, me retient chez eux contre mon gré pour le gîte et le couvert. Et j'exigerai qu'ils me facturent leurs prestations.

En évitant soigneusement de tourner les yeux vers la page qui trône sur le secrétaire, je quitte la chambre dans les mocassins qui épousent parfaitement la forme de mes pieds.

Essayant de retrouver mon chemin dans le sifflement des vents coulis, j'erre le long des couloirs semés de bassines pour recueillir la pluie. Mon portable tendu à bout de bras dans toutes les directions, je tente de capter un réseau, malgré le peu d'espoir qu'on m'a laissé. À l'entrée d'une tour carrée, l'inscription *Service non disponible* s'efface. Je me fige. Une petite barre apparaît, disparaît. Je recule, avance, me hausse sur la pointe des pieds, tourne sur moi-même. Une porte grince à ma droite, s'entrebâille sous le courant d'air.

Les yeux rivés à mon écran, j'avance sur le parquet qui craque dans une odeur de pomme âcre. Cinq barres, d'un coup : réception parfaite. J'appuie aussitôt sur la touche 2 ; *Corinne* s'inscrit sur l'écran, tandis qu'un tourbillon lumineux indique la connexion en cours.

Je colle le téléphone à mon oreille. J'entends un grésillement comparable à un feu de brindilles. Puis, brusquement, par-dessus les parasites, résonnent deux sons gutturaux :

— Va-t'en !

J'ai sursauté, lâché le portable. Je le ramasse, une boule dans la gorge. On se calme. C'est un effet de mon imagination, un brouillage que j'ai interprété dans le sens de mon inconscient, voilà tout. Je sais bien que c'est une erreur de rester ici, d'accepter l'hospitalité de ces redressés en puissance, mais le moyen de faire autrement ?

Je regarde autour de moi. Je suis dans une chambre en bois sculpté, un travail magnifique et totalement oppressant. Des scènes de chasse, des volutes de noyer formant gibier, licornes, frises végétales et motifs géométriques, du sol au plafond jusqu'au lit à colonnes recouvert d'une courtepointe semée de crottes de rat.

Toujours cinq barres à l'écran, mais aucune tonalité, et une pression lancinante sur mes tempes. Le téléphone est bizarrement chaud, dans mes mains. Essayons un texto.

Désolé, suis coincé par chute d'arbre au château de Grénant, rentre demain, tout va bien mais pas de réseau, espère les dents OK, baisers d'amour.

J'expédie le message, attends l'avis de réception. À la place apparaît un point d'exclamation dans un triangle, surmontant l'inscription *batterie faible*. L'écran s'éteint. Je ne comprends pas ; il me restait au moins cinq heures d'autonomie en veille. Impossible de rallumer le portable, et je n'ai pas mon chargeur.

Je suis de plus en plus oppressé. J'ai la tête qui tourne, les oreilles qui bourdonnent. Une angoisse me noue le ventre, un instinct m'ordonne de décamper. Comme une bourrasque intérieure qui me fait vaciller, me pousse vers la porte. Je me sens indésirable, en danger et plein d'une colère inexplicable.

Je sors de la chambre, m'assieds dans le couloir sur une banquette défoncée. Je reprends mes esprits peu à peu, dérouté par ce malaise aussi puissant qu'était douce la sensation érotique sous la douche du donjon. Une sorte de sérénité revient au fil des secondes, mais une sérénité impatiente, un appel en creux. La faim, décidément. Je n'ai mangé qu'un sachet de chips, à midi, pendant la récupération des fichiers informatiques.

Je repars au hasard, cherchant à revenir sur mes pas, mais j'ai dû manquer un embranchement : je ne reconnais rien. De l'extérieur, on ne croirait jamais que ce château est aussi vaste, aussi compliqué dans son architecture, avec ces successions de galeries, cours intérieures et décrochements. Je ne sais pas dans quelle aile je me trouve, la forêt obscure derrière les vitres sales ne me fournit aucun repère, et je n'entends rien en provenance du rez-de-chaussée.

Au détour d'un couloir, je tombe sur un nouvel escalier, encore plus austère que celui par lequel je suis monté. Surplombant les balustres en pierre du palier, une tapisserie cloquée, mangée par l'usure et l'humidité, attire mon regard. Une bataille d'armures autour d'une fontaine, dans la pénombre d'une clairière. Un ecclésiastique au premier plan, en train de prier à genoux contre un arbre. J'étends le bras pour toucher sa chasuble déformée par un pli de la tenture. Je ne sais pas ce qui m'attire ainsi dans cette scène. Ça n'a rien à voir avec une quelconque fascination religieuse. La seule crise mystique de ma vie a duré un quart d'heure, à douze ans, dans la famille d'accueil où m'avait placé la DDASS, quand j'ai soulevé l'aube immaculée de la fille aînée qui venait de faire sa communion solennelle – deux baffes et retour à l'orphelinat.

66

Non, là, ça ressemble plutôt au frisson du défi, au danger que je bravais, au même âge, lorsque je glissais mes doigts dans les prises de courant, *pour voir...*

Je retire ma main, aussi vite qu'autrefois. Je n'ai rien « vu », mais j'ai la même impression de m'être mis à l'épreuve, d'avoir franchi un pas, augmenté ma capacité de résistance... *Gagné une vie,* comme dit Julien devant ses jeux vidéo.

Un peu déboussolé par cet enchaînement d'émotions bizarres, je descends les marches, laisse l'odeur de potage et de feu de bois me guider à travers une enfilade de pièces sans meubles. Je finis par me retrouver dans le grand hall d'entrée, au pied de l'escalier où m'avait précédé la postière, et la boucle en se refermant fait comme un pli dans le temps. Je suis le même que tout à l'heure, pourtant quelque chose a changé. Et c'est d'autant plus déstabilisant que j'ignore ce que j'éprouve. À la fois un grand vide, l'excitation d'une attente, un mauvais pressentiment et comme l'écho d'une gratitude, agréable mais sans prise.

7

Autour de la grande table de salle à manger, une demi-douzaine de personnes sont assises devant des assiettes à soupe, dans une ambiance de conseil de guerre. Les têtes se lèvent vers moi puis se détournent, comme si j'étais le sujet de la conversation interrompue à mon entrée. Maurice Picard, qui a troqué son sweat d'arracheur d'OGM contre un blazer de yachtman, s'essuie la bouche et me désigne avec une fierté gaillarde :

– C'est lui !

Je proteste mollement, sans savoir contre quoi. Louis, le pâlot romantique assorti aux portraits du château, me désigne la chaise libre à sa droite, puis me sert une louche de potage en déclarant que les habits de son homme me vont très bien. Jonathan Price, qui a noué sa queue-de-cheval en catogan, m'explique avec une légère tension dans les mâchoires :

– Il vous a donné la chambre où je dors les soirs où on se dispute.

Je les remercie, tout en faisant le tour de la table pour

saluer les deux personnes que je ne connais pas. Une longue hindoue sans âge enveloppée de mousseline grège, un point rouge au milieu du front, et un vieux géant voûté en velours côtelé, avec un regard blanchâtre et une barbe de faune taillée de travers où s'accrochent des reliefs de minestrone.

— Jadna et Victor Picard, grince le petit PDG en me les présentant, avant d'ajouter sur un ton de traducteur : Maman, papa.

— On n'a guère de ressemblance avec lui, vous avez raison ! me confirme le géant barbu, alors que je n'ai manifesté aucune réaction. Tout le monde croit que nous l'avons adopté, mais non. Apparemment, un jour, ma femme m'a trompé avec un troll — par inadvertance, ajoute-t-il avec une moue d'indulgence narquoise, en tapotant le poignet de son épouse impassible. Mais le destin m'a vengé : Maurice n'a rien hérité de sa mère, et il a repris mon flambeau. Sa passion des insectes, c'est moi. Son diabète, c'est « l'autre ».

Une ampoule éclate sur l'applique derrière lui.

— Maman, je t'en prie, lance Maurice, crispé.

— Quand je l'asticote, me glisse le vieux, ça fait péter les lampes. On s'habitue.

J'acquiesce, pour ne pas exciter davantage cette bande de timbrés.

— N'épousez jamais une Mauricienne, enchaîne-t-il, et surtout ne l'importez pas. Le vaudou dans le Berry, c'est de la nitroglycérine.

— Papa, soupire Maurice Picard. Tu sais très bien que le bouddhisme n'a rien à voir avec le vaudou.

Le vieux faune me cligne de l'œil, et lance avec le phrasé solennel qui enjolive sa familiarité bourrue :

— Alors comme ça, on est revenu sur les lieux de son forfait ?

Mon visage se tétanise. La postière a parlé : ils sont au courant de ma présence illicite chez eux en leur absence, hier après-midi.

— Il n'avait pas le choix, laisse tomber la Mauricienne sur un ton serein, en regardant à gauche au-dessus de ma tête. Il était obligé de fuir autrefois, comme il est obligé de revenir aujourd'hui.

Je m'assieds dans un silence épais, tous les yeux tournés vers moi. En fin de compte, la factrice a simplement transmis le message qu'elle a reçu pour moi tout à l'heure dans la chambre, et leurs allusions se rapportent à ma prétendue vie antérieure. Ça me rassure. Tant qu'à faire, autant assumer les conséquences de son délire hormonal plutôt que celles de ma faute professionnelle.

Le vieux Picard saisit la bouteille de vin et allonge le bras pour me servir. Son épouse est demeurée circonspecte, les ongles joints autour de son assiette à soupe qu'elle contemple comme une boule de cristal.

— Elle s'appelle Isabeau, non ? murmure-t-elle dans un souffle.

— Je ne sais pas, répond la postière qui aspire ses cuil-

71

lerées de potage avec des slurp ! Je n'essaie jamais de me relire, c'est indiscret.

– Elle me montre qu'elle était brune, de longs cheveux, très belle, des seins magnifiques, mais toute maigre sur la fin, poursuit la Mauricienne en promenant son regard entre les bouts de légumes de son minestrone. Isabeau, oui, c'est cela.

Le jeune Louis va reposer la soupière sur une desserte, à côté d'un gros classeur en cuir défraîchi. Un nuage de poussière s'en échappe lorsqu'il l'ouvre et laisse retomber la reliure.

– On a plusieurs Isabeau dans l'arbre, signale-t-il en venant déplier à côté de mon assiette un grand parchemin craquant à l'odeur de moisi. C'est laquelle, à votre avis ?

Sans engagement de ma part, je laisse errer mon regard au hasard dans les ramifications de l'arbre généalogique, surchargé de noms illisibles calligraphiés à la plume.

– Moi, je pencherais pour celle-ci, reprend-il en désignant une branche à mi-hauteur. Isabeau Anne de Grénant, 1412-1431.

– Dix-neuf ans ! me lance Maurice Picard sur un ton de reproche. Mais qu'est-ce qui lui est arrivé ?

J'exprime mon ignorance et me tourne vers la postière, concentrée sur sa tranche de pain qu'elle beurre généreusement. Je la revois dans sa transe hystérique, hier après-midi, en train de me traiter de salaud.

– XVe siècle ! martèle le vieux Picard en hochant la tête dans ma direction. En tout cas, vous avez mis le temps.

– Que pensez-vous de la réincarnation ? s'informe son épouse avec une ombre de sourire dans son visage de statue.

Je réponds que mes centres d'intérêt sont plutôt la peinture contemporaine et la bibliophilie, leur fournissant du coup deux sujets de conversation sur lesquels personne n'embraye.

– La réincarnation n'est pas un passe-temps, précise-t-elle, ni une fatalité, d'ailleurs. Elle est même beaucoup plus rare qu'on ne croit. Et plus ardue, hélas.

– Elle fait allusion à notre fille, qu'elle a perdue avant terme dans une chute d'escalier voici quarante-huit ans, m'explique le vieux faune sur un ton de conférencier. Depuis, elle essaie désespérément de la remettre au monde. Mais comme elle a décidé que Mauricia aurait son frère comme papa, pour que ça ne sorte pas de la famille, les différentes épouses de Maurice ont refusé de faire les rituels nécessaires, et nous en sommes à la troisième pension alimentaire.

– Ça ne regarde pas forcément M. Talbot, articule le PDG de Green War avec raideur. Mon contrôle ne porte que sur l'entreprise, papa.

Soucieux d'éviter le sujet, je termine mon assiette de minestrone que le jeune Louis débarrasse. Un temps de silence, rythmé par le crépitement des bûches. Puis Jadna

Picard, dans un friselis de mousseline, se lève pour porter un toast en me regardant.

– Remercions Mauricia de vous avoir invité à son anniversaire. Et formons le vœu que ce ne soit pas une simple coïncidence...

Des murmures de sous-entendus et des sourires fins lui répondent, tandis que les verres de rouge pointés vers moi scintillent à la lueur des flammes. Je leur souhaite en échange santé et prospérité. Puis, me penchant vers Jonathan Price qui ne desserre les lèvres que pour boire, je désigne les deux mètres carrés de contreplaqué remplaçant le vieux parquet de chêne, à l'entrée de la salle à manger, et m'informe pour aérer la conversation :

– Vous avez eu des problèmes de canalisation ?

– Non, c'est le squelette que j'ai déterré en janvier, répond l'Anglais. On respire mieux, depuis qu'on lui a donné une sépulture décente.

– Pendant la guerre de Cent Ans, explique son compagnon en revenant de la cuisine avec une cocotte en fonte, c'était coutume d'enterrer dans la pièce à vivre l'ennemi qu'on avait tué, afin de l'humilier en marchant dessus. Je vous raconte pas les ondes. Heureusement que Marie-Pierre l'a capté. Vous avez dû remarquer son épée dans le hall : Jonathan a cru bon de la mettre en vitrine...

– Vous noterez la forme particulière de sa lame et de sa garde, me glisse l'exposant avec un regard en dessous.

– Daube de chapon aux airelles et foie gras ! présente Louis, en retirant le couvercle avec un élégant mouvement de strip-teaseur. Je vous sers, monsieur le contrôleur ? Ça devrait vous rappeler des choses : c'est une recette du XVe siècle.

Je tends mon assiette sans commentaire, demande si quelqu'un possède un chargeur Samsung. Pas de réaction.

– Si l'un d'entre vous pouvait me prêter son portable... Il faut que je téléphone chez moi.

– Y a aucun réseau dans le château, me rappelle Maurice.

– Si, j'en ai eu, tout à l'heure.

– Où ça ? bondit le jeune serveur en laissant tomber dans mon assiette un pilon qui m'éclabousse de sauce.

– Mon pull ! râle Jonathan Price.

– Vous étiez *où* ? insiste son ami.

– Dans la chambre en bois sculpté, là-haut...

Louis marque un temps de stupeur, puis il se campe devant moi, l'index accusateur, crie d'une voix de fausset :

– N'entrez plus jamais dans cette pièce, c'est clair ?

– Pourquoi, c'est la chambre de Barbe-Bleue ?

Il serre les dents, et me tourne le dos en portant sa daube du côté de la Mauricienne. Une chape de plomb est tombée autour de la table.

– Louis travaillait comme cuisinier au Relais Saint-Jacques, avant de connaître Jonathan, intervient la factrice en me fixant, comme si ce détail justifiait l'accès d'hystérie qu'il vient d'avoir contre moi.

– Très belle histoire, ponctue Picard père, en remplissant mon verre. Figurez-vous que c'est lui, le descendant.

Je regarde l'éphèbe châtain qui, l'air pincé, esquisse une révérence, tenant le couvercle de la cocotte à la manière d'un bouclier :

– Louis de Grénant, pour vous servir – d'ailleurs je vous sers. Jadna, une aile ou une cuisse ?

– Un de ses ancêtres a perdu le château, poursuit le vieux barbu en lui tendant l'assiette de sa femme.

– La Révolution, dis-je avec une compassion polie.

– Non, le poker. Il a changé encore trois fois de mains avant que je le rachète, on l'a restauré comme on a pu, mon fils y a créé son entreprise en faisant venir son associé d'outre-Manche, et voilà qu'un jour, de fil en aiguille, Jonathan rencontre l'âme sœur à Intermarché. Coup de foudre au rayon fromage. C'est ainsi que, sans connaître son nom de famille, l'Anglais ramène un soir au bercail de ses aïeux le dernier baron de Grénant.

– Grâce à l'amour, s'attendrit la factrice, le château a retrouvé son châtelain.

– Oui, enfin, nuance le jeune homme en finissant de les servir, il y a quand même une certaine précarité dans ma situation. Je suis l'intermittent de la lignée, c'est tout. Le figurant des armoiries. Le jour où Jo se lasse de mon petit cul, il me vire, je vous rends mes ancêtres, et vous trouvez quelqu'un d'autre pour faire le ménage.

– Tu sais très bien que mon ange gardien te protège, sourit Jonathan Price.

— Je l'emmerde, ton ange gardien ! Avec tes origines, j'ai douze générations de Grénant qui me traitent de collabo !

— Louis, enfin ! Tu ne vas pas me reprocher toute ma vie la guerre de Cent Ans !

— Ne commençons pas à nous disputer, mon chéri : tu n'as pas de chambre de repli, cette nuit. Et de toute façon, le nom s'éteindra avec moi : vous serez tranquilles. Au fait, si notre ami des impôts veut téléphoner, la ligne est rétablie. Troisième porte à gauche sous l'escalier.

Je le remercie, me force à terminer sa daube qui est d'une lourdeur étonnante, malgré la dilution de la sauce, et je me retire pour appeler Corinne. Elle est sur messagerie, Julien aussi. Je redis ce que j'ai expliqué dans mon texto, je les embrasse et leur promets d'apporter les croissants demain matin, à la première heure.

Lorsque je regagne ma place dans la salle enfumée, chacun a les yeux sur Maurice qui manie son pendule.

— C'est bien elle ! me confirme-t-il en regardant tourner la pointe de cuivre au bout de sa chaîne. J'entends « Isabeau de Grénant, née de Grénant » – c'est possible ? On me dit que son mari et elle étaient cousins.

Il se tourne vers le descendant de la famille, qui pousse un soupir fataliste, comme pour dégager sa responsabilité.

— Je vérifie avec les tarots, décide Jonathan Price en sortant un jeu de sa poche.

– Tu vas encore manger froid, reproche le châtelain précaire.

– Ça recommence ! barrit soudain la postière. Donnez-moi du papier, vite !

Et la comédie a duré tout le temps du dîner. Chacun y allait de son ressenti, de son interprétation, rapportant l'opinion de son pendule, les impressions de son jeu de cartes, les reflets dans la sauce de sa daube ou l'avis de son ange gardien. Et la factrice continuait de recevoir, la tête ballante, le regard vague et la bouche molle, des pages d'amour enflammé à mon attention.

En gros, je m'étais appelé Guillaume d'Arboud, j'étais arrivé dans ce château à l'invitation du baron Curtelin de Grénant, avec qui j'avais guerroyé contre les Anglais ; j'étais tombé amoureux de sa jeune épouse, je l'avais sautée, je m'étais enfui pour éviter les problèmes, alors ma maîtresse avait avoué notre liaison à son confesseur, que le mari soupçonneux avait aussitôt torturé pour lui faire cracher le morceau, après quoi il avait enfermé Isabeau jusqu'à ce que mort s'ensuive dans la chambre où j'allais dormir cette nuit.

– Quel effet ça vous fait ? s'enquiert Louis de Grénant, avec une émotion gourmande.

– Fichez-lui la paix, grommelle le vieux Picard. Faut qu'il digère la nouvelle. Il arrive en contrôleur du fisc ; il se retrouve en chevalier cocufieur.

Il allonge le bras par-dessus la nappe, me serre le poignet avec solidarité.

– Vous avez fait Sciences po, HEC, des choses comme ça ? Bienvenue au club. Moi j'ai enseigné pendant quarante ans physique, éthologie et biologie moléculaire à l'université de Princeton ; on s'habitue. Dites-vous bien qu'il y a une seule vérité, dans le paranormal : le phénomène le plus extraordinaire au monde, dès lors qu'il se répète, devient aussi ennuyeux que le reste.

La postière rouvre les yeux. Elle a fini sa transe, elle regarde son assiette et continue son repas. Louis de Grénant, qui a recueilli et numéroté les pages, donne lecture du message :

– *Mon Guillaume d'amour, je veux partir avec toi, tu vas m'emporter loin de ma prison de pierre...*

– Belle promotion, se marre le vieux prof : vous voilà collecteur d'âmes.

– *... je suis à toi pour l'éternité de notre éternité, rends-moi le soleil, les couleurs, les beaux tableaux de notre amour, nos corps enlacés dans l'herbe de l'Étang-Gris où pour la première fois tu me léchas de pied en cap...*

Tout le monde me fixe, avec une considération souriante. Par prudence autant que par respect pour mes hôtes, j'essaie d'inscrire sur mon visage une attention polie, comme si on me racontait un film qui m'intéresse sans me concerner. Banalisons, à défaut de comprendre le sens de cette mascarade.

– C'est tout pour Guillaume ; la suite concerne ma famille, reprend le baron intérimaire en pliant quatre feuilles dans sa poche. Et j'ai retrouvé le message dicté à Marie-Pierre en 2003.

On regarde la factrice qui sauce son assiette en ouvrant des yeux étonnés.

— En 2003, je tournais déjà sur le secteur ?

— Tu as quitté le Centre de tri en 2002, lui rappelle Jonathan. L'année où j'ai rencontré Louis.

— Comme ça passe vite, soupire Marie-Pierre.

— *Bientôt viendra l'homme que nous attendons,* enchaîne Louis en déchiffrant avec ardeur, *celui qui se meut en son nom...*

— Vous vous rendez compte ? se rengorge le petit Maurice. Il a choisi de se réincarner dans une famille Talbot pour que, le jour venu, je le reconnaisse !

Je me retiens de lui préciser qu'on m'a trouvé dans une poubelle. Le responsable de la DDASS était un passionné de rallyes : au lieu d'allouer aux clandestins de naissance un prénom en guise de patronyme, comme c'est l'usage, il nous baptisait Matra, Lotus, Lancia... Ce n'était plus une pouponnière, c'était un garage d'occases. Mais à quoi bon objecter ce genre d'arguments ? Le marchand de prédateurs me répondrait sûrement que si l'on m'avait appelé Porsche, la prophétie lui aurait fait sortir une Carrera de sa grange.

— *... Lié à la mémoire du château,* achève le gentilhomme de ménage, *il réparera avec votre aide les conséquences de sa vie passée, dénouera les liens qui retiennent*

les âmes sur les lieux de ses turpitudes, et réveillera le bonheur en souffrance depuis tant de siècles.

Un silence attentif retombe sur la salle à manger.
Le vieux Picard se lève pour rajouter une bûche, en me
souhaitant bon courage.

— Et pour qu'Isabeau retrouve Guillaume, il fallait que
la boulangère nous dénonce au fisc, s'émerveille lentement le PDG de GreenWar.

À ma grande surprise, il jaillit de sa chaise, me fait
lever et me donne l'accolade, presse sa tête contre ma
poitrine en me disant merci. Les autres applaudissent. Je
ne sais plus où me mettre.

— Ça s'arrose ! rugit Picard père en débouchant une
nouvelle bouteille.

— Qui est l'homme en noir avec la gorge ouverte ?
demande posément sa femme, les yeux plongés dans son
assiette.

— Arrête, maman ! On est bien, là... C'est une histoire
d'amour : laisse la guerre tranquille, pour une fois.

Sans faire cas des protestations, la Mauricienne déplace
du bout de sa fourchette un morceau de viande, pour y
voir plus clair dans la sauce.

— Un ecclésiastique..., ajoute-t-elle en filtrant son
regard. Il me montre Isabeau, il pleure...

Le PDG reprend aussitôt son pendule, lui pose une
question mentale en se concentrant d'un air constipé.

— C'est lui ! glapit-il devant les oscillations fréné-
tiques de la pointe de cuivre. Le confesseur d'Isabeau !

J'entends : « Je suis l'abbé Meurleume. » Il est mal, atten-dez, qu'est-ce qu'il est mal ! Complètement bloqué ici ! « Merci à qui m'a tué ! » Il n'arrête pas de répéter : « Merci à qui m'a tué ! »

Le pendule lui échappe des doigts et tombe dans la daube. Tout le monde a tourné vers moi un regard lourd de suspicion. Pour me donner une contenance, je vide le énième verre que m'a servi le vieux, en lui demandant sur un ton anodin où il a trouvé ce petit vin sympathique.

– C'est un margaux. Et ne vous méprenez pas, jeune homme : « merci », au Moyen Âge, exprimait davantage la pitié que la reconnaissance.

– Attendez, attendez ! s'empresse Maurice en net-toyant compulsivement son pendule, avant de lui demander : Qui est votre assassin, monsieur l'abbé ?

Silence tendu sous le crépitement des bûches.

– Le baron Curtelin de Grénant ?

Chacun se penche en avant, fixant l'accessoire au bout de sa chaîne.

– Il dit non, chuchote Maurice en faisant constater l'oscillation dans le sens inverse des aiguilles d'une mon-tre. C'est qui, alors ? Guillaume ?

J'observe une poutre avec un air neutre.

– Il dit non. Allez, qui vous a tué, monsieur l'abbé ? Isabeau ?

Le pendule tourne brusquement dans l'autre sens.

– Mais elle ne l'a pas fait exprès, s'empresse la Mau-ricienne en levant de son assiette un regard rassurant

dans ma direction. Elle s'est éteinte en se croyant responsable de la mort de son confesseur, et il en souffre
d'autant plus qu'elle n'a pas vraiment tort : il s'est ouvert
la gorge pour éviter de la trahir. Aidez-les, monsieur
Jean-Claude.

Je ne songe même pas à rectifier mon prénom. Une
chose est certaine : ces gens ont l'air parfaitement sincè-
res, et le mieux pour moi est de mettre leurs divagations
au compte des six château-margaux 98 qu'ils ont déjà
descendus – quatre cents euros la bouteille, passés l'an
dernier en frais professionnels à la rubrique « cadeaux
d'entreprise », si j'ai bonne mémoire. Oublions. J'ai
décidé de classer ce contrôle sans suite : ça ne me regarde
plus, il ne s'est rien passé ce soir, et demain sera un autre
jour. Pour tenter d'y voir clair, on a parfois intérêt à
fermer les yeux.

– Eh bien, il me reste à vous remercier pour votre
accueil, dis-je d'une voix impersonnelle en posant ma
serviette.

– Vous n'attendez pas le dessert ? proteste le baron à
tout faire. J'ai préparé des îles flottantes, puisqu'on n'a
pas de vacherin.

– C'était délicieux. Mais avec votre permission, je me
retire.

Les pieds de ma chaise grincent dans un silence déçu.
La postière attrape mon bras au passage.

– Soyez patient, me conseille-t-elle doucement. Et

compréhensif. Après ce qu'elle a vécu, il est normal qu'Isabeau…

Ses points de suspension se délitent dans le tic-tac de l'horloge. Mal à l'aise, je salue à la cantonade d'un signe de tête, et quitte la salle à manger en feignant le naturel sous le poids des regards qui me suivent.

8

Une odeur me saute au nez, lorsque j'entre dans la chambre. Un parfum de jasmin qui n'y était pas tout à l'heure. Pourtant les fenêtres sont restées closes. À moins qu'une personne du château soit venue dans la pièce... Mais le désordre que j'ai laissé derrière moi paraît intact, je n'ai pas remarqué de domestiques, à part le baron Louis, et aucun des convives ne sentait le jasmin.

Au moment où je sortais de la salle à manger, cela dit, j'ai aperçu un quart de seconde des pyjamas d'enfants qui s'esquivaient – le genre qui écoute aux portes. Après la vaporisation de parfum, j'espère qu'ils ne vont pas m'infliger à présent un raffut d'Halloween avec bruits de chaînes et coups dans le mur.

J'aère. Il ne pleut plus, la lune presque pleine émerge des nuages, se reflète dans l'eau croupie des douves. Ma tête est lourde, ma bouche pâteuse, j'ai trop bu. Aucun message sur ma boîte vocale, aucun texto. Le haut du corps enquillé dans la meurtrière, le portable à bout de bras, je réessaie une dernière fois de capter un réseau pour rappeler Corinne, en vain – et aucune envie de retourner dans cette pièce en bois sculpté dont on m'a interdit l'entrée. De toute manière, la batterie trop faible se coupe à nouveau.

Je referme la fenêtre, me déshabille et me couche dans les draps rêches qui sentent l'armoire de grand-mère, ce mélange de naphtaline, de cire et de vieille lavande éventée que je n'ai connu que dans les romans. Je m'abandonne au cocon chaud et douillet où je me recroqueville, dans un silence parfait qui me change agréablement des camions de la nationale rythmant les nuits de notre pavillon, malgré les doubles vitrages. Au creux du matelas de laine, je m'endors peu à peu avec la sensation de me dissoudre comme un cachet d'aspirine.

*

Je me réveille en sursaut, noyé de sueur, en plein rêve érotique. Ni corps, ni visage, ni posture ; aucune image nette, juste une sensation d'impatience, d'énergie sollicitée, une érection douloureuse qui appelle la main – mais pas sur mon sexe. Un élan incontrôlable m'attire vers le secrétaire, dont les contours se découpent dans un rayon de lune.

À tâtons, je me déplace entre les meubles dépareillés qui encombrent l'espace. Je m'assieds, saisis le stylo posé à côté du papier à lettres, et je regarde ma main courir sur les feuilles dans la pénombre laiteuse. Je ne sais pas ce que j'écris, je ne sais pas combien de temps cela dure. C'est indépendant de ma volonté consciente ; je ne suis que l'instrument d'un désir, la réponse à une envie contagieuse. Comme si le mouvement partait de la tension de mon sexe, commandait à mes doigts des caresses précises, l'entretien d'un plaisir, le respect d'une osmose... Les crissements de la plume sur le papier s'accélèrent, l'enchaînement des lettres est de plus en plus saccadé, mon souffle de plus en plus court, mêlé de gémissements où le sang-froid tente de maintenir la cadence...

Le stylo m'échappe soudain, valse à l'autre bout de la pièce. Une joie démesurée m'envahit, un incroyable sentiment d'allègement. Mais la tension ne retombe pas pour autant, au contraire : le même élan qui m'avait arraché du lit m'y ramène aussitôt. Sensation que les draps s'ouvrent pour m'accueillir, qu'une voix insidieuse m'appelle, qu'une présence réclame son dû...

Alors je me rendors en disant d'accord ; je cède à ces avances, je m'offre à cette offrande, à cette force douce qui m'invite à la rejoindre.

*

Un chant d'oiseau me réveille par à-coups. Je suis trop bien pour ouvrir les yeux, mais la lumière finit par me faire cligner des paupières. Je regarde ma montre. Sept heures moins vingt. Je gis nu au soleil en travers du lit dévasté, le sourire fixe, les couilles vides et l'esprit vague.

Je me redresse sur un coude. Impression de m'être aimé toute la nuit, comme au plus chaud de l'adolescence dans mon dortoir de la DDASS.

J'inspecte les draps, dans un vieux réflexe de prudence animale. Aucune trace d'« épanchement », comme disaient les surveillants d'étage. *Toute honte bue.* Je sursaute en entendant ces trois mots tinter gaiement dans ma tête. Une joie polissonne et gamine, qui ne me ressemble absolument pas, prend possession de mes pensées à mesure qu'elles s'ordonnent. Je ne sais pas ce qui s'est passé dans mes rêves, ce que mon inconscient a fabriqué à partir de cette histoire de captive amoureuse, mais je me sens dans une forme totalement inhabituelle.

Je m'arrache du lit, effectue quelques assouplissements, et mon regard tombe sur les feuilles qui jonchent l'abattant du secrétaire. Je me rappelle soudain que je me suis levé pendant la nuit pour prendre des notes. Avec curiosité, je m'approche des pages couvertes d'une écriture fébrile, inégale et continue, qui n'a rien de commun avec la mienne. Perplexe, je déchiffre un message truffé de « oui » et « non » répondant à des questions dont je ne me souviens plus. Une fois le texte épuré de ces deux adverbes, ça donne, avec la ponctuation reconstituée :

Mon amour, tu es revenu et je suis la plus heureuse des femmes. Grâce à toi, je ne suis plus sa meurtrière. Ursin, mon confesseur. Lui que mon mari a torturé après ton départ. Il n'a rien avoué de nous et il en a péri. Mes parents

disent que c'est ma faute, que je suis damnée par son sang,
fruit de mon péché. Leur menterie me gardait ici prisonnière
de ce péché, mais tu es là maintenant et je vois clair par
ton amour. Ils ont pris parti de mon mari qui n'est plus là,
mais eux demeurent hélas dans la chambre aux sculptures.

Ursin de même est resté à cause de moi, je sais qu'il est
dans le château, mais nous ne sommes pas ensemble. Je ne
veux pas aller dans sa Lumière. Il ne me mènera pas au
Ciel sans toi. Il attend. Il ne te comprend pas. Trop souffert
par ta fuite. Ne le meurtris pas en lui donnant des armes.
Il peut te pardonner si tu me délivres. Il n'est pas resté ici
par le mal que ton départ lui a fait, mais pour attendre sur
moi le bien de ton retour.

Au moment où tu es entré, je me suis éveillée de ma geôle,
tu m'as rendu la force de nous. Emmène-moi dans ta Lumière
à toi. Ton oubli m'enchaînait, ta remembrance me libère.
Maudits soient mes parents de m'avoir donnée au diable, ce
vendredi après Noël 1428 qui est venu à perdition dans tes
bras, mon bien-aimé. Désir, caresse, folie de toi m'embrase.
Que ton lait de vie me rende corps, me redonne chair, me fasse
nuit d'amour dans nuit dernière de ma prison.

Isabeau

Je repose les feuilles, embarrassé. Ce galimatias que je
me suis écrit n'est qu'une resucée des informations données au dîner par les allumés du château, mélange d'anec-
dotes, d'extrapolations et de fantasmes. Les seules nou-
veautés sont des précisions d'état civil, des compléments

de dates et ce prénom fantaisiste, Ursin – produit de mon imagination échauffée par le margaux, qu'il sera facile d'aller infirmer aux Archives départementales.

Quoi qu'il en soit, ces mots tracés de ma main n'éveillent aucun souvenir, ce matin, aucun écho, si ce n'est la résonance d'une allégresse extérieure à moi, qui du reste se résorbe au fil des secondes, tandis que la réalité reprend le pas sur ces rêves érotiques d'ado frustré.

Je mesure à présent combien j'étais en manque, depuis trois semaines. Les soucis de Corinne pour l'avenir de son fils ont eu raison de sa libido – c'est ce qu'elle me dit, en tout cas, et je la crois. Orphelin de son désir, j'attends sans perdre confiance, je la soutiens comme je peux, mais je m'étiole. Cette nuit tout seul dans un lit à deux places, la première en treize mois de vie commune, a mis en évidence ce que je refuse de voir en face : ma liberté sacrifiée à une relation qui s'enlise, la fragilité du foyer adoptif sur lequel j'ai greffé mon besoin de stabilité, les espoirs à long terme dilués dans un quotidien sans surprise… Mes frustrations ont trouvé cette nuit l'exutoire d'une sauterie virtuelle dans l'au-delà, et il n'y a vraiment pas de quoi se sentir joyeux. D'ailleurs je ne le suis plus du tout. Les derniers reliefs d'euphorie matinale sont partis sous la douche et je me sèche sans me presser, tant j'appréhende de me retrouver devant mes contrôlés après les délires auxquels j'ai participé hier soir.

Mais, de ce côté-là du moins, mes craintes se révèlent infondées. Lorsque j'arrive à la salle à manger, froissé dans mon costume raidi par la pluie, les deux familles du château finissent le petit-déjeuner dans une ambiance affairée, dossiers ouverts entre cafetière et grille-pain, calculatrices en action et logiciel de Météo France sur les écrans de leur Mac. C'est à peine si les Green War me disent bonjour. D'après ce que je comprends, la température a grimpé de trois degrés dans le Cotentin pendant la nuit, et pour eux c'est une catastrophe.

Deux petites filles identiques, avec les yeux en amande, une tignasse rousse, des baladeurs et une bouche édentée façon créneaux chuchotent, en me regardant, cachées derrière leurs tartines.

— Les nièces de Jo, soupire Louis de Grénant à mon intention, tout en versant du chocolat dans leurs bols. Les parents sont en mission au Népal, et c'est moi qui ai la garde.

Je hoche la tête. Ça me fait bizarre que tout soit rentré dans l'ordre, ce matin, que cette tablée ressemble aux familles d'accueil où la DDASS me plaçait à l'essai, et qui finissaient toujours par me rendre.

Le vieux Picard croise mon regard, cligne de l'œil — mais ça doit être un tic. Très en forme dans une tenue de brousse, et apparemment détendu par l'absence de sa femme, le géant à la barbe de travers engloutit un bol de corn flakes à la crème agrémentés d'une tranche de lard, tout en annotant une publication scientifique.

Je me sers une tasse de café, et vais la boire debout en regardant le soleil à travers les vitraux. Chaque fenêtre

donnant sur les douves représente un personnage médiéval avec son état civil écrit en lettres gothiques. Je cherche
machinalement le nom de la soi-disant Isabeau qui s'est
invitée sous mon stylo, la nuit dernière, mais les figures
en verre et fer forgé sont Jeanne d'Arc et ses compagnons
d'armes. J'essaie de me repérer à travers leurs couleurs
incrustées de crasse. D'où je me trouve, on ne distingue
pas le bout de l'allée, mais un bruit lointain de tronçon-
neuse laisse entendre que ma libération est proche.

Derrière moi, ça parle *macrolophus* et *feltiela* – les
prédateurs de l'araignée rouge qu'il faut expédier avec
dix jours d'avance aux agriculteurs bretons, à cause du
réchauffement de la planète. Victor Picard suggère un
troisième insecte dont son fils, embrumé dans une robe
de chambre à carreaux, conteste l'efficacité sur sol acide,
provoquant un déluge de contre-exemples qui finit par
emporter l'adhésion.

J'attends que le problème soit réglé, puis je leur
demande s'ils ont bien dormi. Louis de Grénant tourne
vers moi un sourire chaleureux :

– Et vous ?

Je me sens rougir jusqu'aux orteils, et je réponds oui
en vantant la qualité du silence et le confort de la literie.

– Ils ont quasiment fini de débiter le tilleul, intervient
Maurice Picard, la voix pâteuse et le regard en dessous.
Vous partez tout de suite, ou vous avez encore des points
à voir, des pièces comptables à nous demander ? Pour
qu'on s'organise.

Plus aucune trace de l'agité métaphysique d'hier soir :
il est redevenu le contrôlé vigilant qui assume ses responsabilités de chef d'entreprise en tenant tête à son
tortionnaire fiscal. Pour alléger sa méfiance, je demande
si les archives du château mentionnent le jour du mariage
d'Isabeau de Grénant. Silence total. Visages figés.

– La jeune femme dont il était question hier soir.

La précision que j'ai cru bon d'apporter tombe à plat.
Jonathan Price, en jogging Manchester United, me tend
une chemise cartonnée.

– Les derniers justificatifs que vous attendiez.

Je saisis les documents et les glisse dans mon cartable,
en prenant acte de leur refus de communiquer sur autre
chose que leur situation fiscale. Pour eux, visiblement,
la nuit appartient aux divagations ésotériques, et le jour
aux réalités de la PME. Sur le même ton neutre qu'ils
emploient ce matin, je leur demande s'ils ont préparé la
facture de ma nuitée. Maurice Picard fait glisser sur la
table, dans ma direction, une lettre en deux exemplaires
à l'en-tête du château.

– Ça fait cinquante-cinq euros.

– Fantôme compris ?

Ils ne réagissent même pas à ma boutade. Je prends
ma facture, y jette un œil. Ce n'est pas véritablement
l'écrit auquel je m'attendais, mais, sans que j'aie eu
besoin de les énoncer, ils ont répondu à toutes mes
demandes.

Je soussigné Talbot Jean-Luc, fonctionnaire du Trésor public, déclare par la présente avoir accepté ce jour nourriture et hébergement au château de Grénant, suite aux mauvaises conditions climatiques ayant entraîné l'immobilisation de mon véhicule. Les frais liés à mon accueil (dépenses de bouche hors main-d'œuvre + coût du ménage et de la blanchisserie, calculés au prorata des produits utilisés et de la consommation d'énergie afférente), d'un montant de 55 €, sont laissés à ma discrétion.

Je sors mon chéquier et demande, mine de rien, à quel ordre je dois effectuer le règlement. Le piège est à double entrée : si c'est la SCI Château-de-Grénant, ils se retrouvent *de facto* en situation d'avoir accueilli un hôte payant sans licence ; si c'est la SARL Green War, ils font entrer dans les caisses de leur entreprise le montant d'une prestation que ses statuts n'autorisent pas.

Je répète, sur un ton sympathique :

– À quel ordre ?

– Trésor public, répond Picard père en terminant sa tranche de lard.

Je reste coi, mon stylo en suspens. Ces gens sont encore plus fous lorsqu'ils s'efforcent d'avoir l'air normaux. Demander à un agent du fisc d'établir un chèque à l'ordre de son administration de tutelle – on rêve.

– Nous ne sommes ni restaurateurs ni chambres d'hôtes, précise son fils d'un air lapidaire. En contrepartie de notre hospitalité, vous effectuez un versement au profit des œuvres de l'école du village, et ce genre de dons se libelle au nom du Trésor public. La mairie de Grénant vous adressera un reçu.

– Merci de votre générosité, ponctue Victor Picard.

– Et bonne journée, conclut Jonathan Price en embrassant ses nièces sur le front.

Je regarde les trois hommes plier leurs affaires, et quitter la salle à manger par des portes différentes. Je ne sais que penser de leur détachement, de cette froideur aussi déconcertante que les pudeurs matinales d'une femme avec qui l'on vient de passer une nuit torride. Et, surtout, je suis troublé par la déception que j'en éprouve.

Quel est leur but ? Me mettre en porte-à-faux, me discréditer à mes propres yeux et à ceux de mon administration ? M'amener à douter de ma raison, après m'avoir incité à croire qu'il était possible de converser avec une morte ? Ne nous cachons pas la réalité : j'ai participé la nuit dernière, de façon passive mais consentante, à une séance de spiritisme. Pour être informulé, le chantage n'en est pas moins perceptible : ou je classe le dossier Green War, ou c'en est fini de ma réputation de sérieux dans la région.

Les jumelles me surveillent du coin de l'œil en se poussant du coude, pendant que Louis de Grénant, une chanson aux lèvres, débarrasse le petit-déjeuner d'un air absent.

– Encore une goutte de café ? me propose-t-il.

J'accepte sur un ton enjoué, signe ma reconnaissance

95

de dette, et l'invite avec naturel à la contresigner, sous la phrase que je viens d'ajouter discrètement :

P-o la SCI Château de Grénant et la SARL Green War.

Le jeune homme date et paraphe les deux exemplaires, en toute naïveté. J'en glisse un dans mon cartable, après l'avoir remercié pour le café. Comme il ne fait partie ni des actionnaires ni des salariés, sa signature sans valeur, abusivement précédée de l'abréviation « par ordre », entachera de nullité légale ce document, si d'aventure ils tentent de l'utiliser contre moi.

– Ne faites pas de bêtises, murmure-t-il.

Je lève un sourcil, sur la défensive.

– À quel point de vue ?

– Avec Isabeau, répondent en chœur les petites filles.

Et elles échangent un regard, pouffent de rire.

– Allez, les monstres, à l'école ! gronde le dernier des Grénant en faisant la grosse voix.

Les jumelles sautent de leurs chaises, ramassent leurs sacs à dos et cavalent vers la porte en me disant à bientôt. Le nounou sort une clé de voiture et leur emboîte le pas, après m'avoir précisé, d'un ton solidaire, que les espoirs qu'on laisse à une femme amoureuse peuvent facilement être interprétés comme des promesses.

Je repose ma tasse, mal à l'aise dans cette salle à manger funèbre où je me retrouve seul encore une fois. Aussi rapidement que l'avant-veille, je vide les lieux, mon cartable sous le bras, tirant les portes derrière moi. Je débouche dans la cour au moment où le break Jaguar de la famille Price démarre dans une odeur de friture, en soulevant des volées de gravier. Leurs têtes à claques sorties au-dessus des vitres noires, les jumelles agitent des cornes sur leur crâne en me chantonnant :

— *Les amoureu-eux ! Les amoureu-eux !*

— Vos gueules ! crie leur chauffeur.

Je rajuste mon costume fripé, rallume mon portable et, dans un soleil léger qui fait scintiller les gouttes sur les branches, je coupe à travers le bois de chênes et marronniers qui sépare le château de ses dépendances. Comme j'ai enfin du réseau, je dépose sur la messagerie de Corinne un tonitruant « J'arrive ! », juste avant que la batterie ne se coupe.

Devant les anciennes écuries, trois voitures et un camion Green War encadrent ma Clio. Des employés en blouse verte chargent des caissons réfrigérés, sous la surveillance de Jonathan Price qui ne m'accorde pas la moindre attention.

J'ôte précautionneusement la bâche qu'il a fixée hier pour protéger mon habitacle, m'assieds au volant, mets le contact. Le moteur part au quart de tour. Machinalement, j'appuie sur la commande du toit, qui se referme en coulissant dans un bourdonnement normal.

Sidéré, je fixe le rectangle de verre teinté. Comment l'orage a-t-il pu affecter un *seul* élément du système électrique, et sans conséquence aujourd'hui ? Je ne vois que deux explications : ou la commande du toit a été sabotée hier après-midi, ou elle a été réparée ce matin. L'une n'excluant pas l'autre.

Je démarre sur les chapeaux de roues, projette des gerbes de boue sur les véhicules voisins en faisant rugir mon seize-soupapes, excédé par cette atmosphère de complot que répercutent les gens, les murs, les meubles, les arbres – jusqu'aux enfants et aux circuits électriques. Je remonte l'allée en rebondissant dans les ornières, passe devant le château sans un regard pour le donjon où j'ai dormi. Je me répète que je n'éprouve rien, que ces lieux me sont totalement indifférents, et qu'ils ne recèlent pas la moindre âme en peine.

Sur le pont en dos-d'âne qui marquait jadis la frontière avec l'Angleterre, je double le vieux Picard qui, sa haute silhouette voûtée sous la saharienne beige, marche d'un pas de chasseur vers la sortie du domaine. Il me fait signe de m'arrêter, d'un mouvement de canne. J'obtempère, sans même me demander pourquoi. Il vient s'appuyer d'un coude à ma vitre baissée.

– Je ne voulais pas vous en parler devant les autres, dit-il en fourrageant dans sa barbe en friche, mais venez me voir, un jour, si vous avez des questions.

– Quelles questions ? demandé-je sèchement.

– Ni fiscales ni ésotériques. Je ne suis qu'un homme de science, mon ami : je peux approfondir vos interrogations, pas vous donner de réponses. Mais si la médiumnité vous intéresse, sachez que c'est en laboratoire que ça se pratique, pas autour d'un plat en sauce parmi des zozos qui transforment l'au-delà en tout-à-l'ego. Vu ?

Je ne vois pas trop ce qu'il y a à voir, mais j'acquiesce, pressé de rentrer chez moi.

— Mon épouse réside au château avec ses défunts, moi j'habite la maison de gardien, là-bas, ajoute-t-il en désignant la vieille chaumière à demi cachée par le camion-grue des bûcherons. En toute logique, vu les vents dominants et l'implantation des racines, c'est sur mon toit que le tilleul aurait dû tomber, pas sur le portail.

— Les esprits vous protègent, dis-je pour couper court.

— Je pense plutôt qu'ils avaient envie de vous retenir. En tout cas, leurs intermédiaires terrestres.

— C'est-à-dire ?

Il prend une longue inspiration, regarde autour de lui, ouvre la portière, et s'installe à côté de moi en éteignant l'autoradio.

— À l'université de Toronto, en 1973, des chercheurs rationalistes ont mené une expérience intéressante : ils ont inventé un mort. Ils l'ont appelé Philippe. Autour d'une table, ils ont imaginé les grandes lignes de son existence : parcours professionnel, hobbies, mariage, maladies, etc. Et puis ils ont contacté des médiums, en leur donnant juste son prénom, sa date de naissance et celle de son décès. Eh bien, mon cher, huit médiums sur dix ont sorti *tout le reste*. Toute la vie de cet homme qui n'avait jamais existé. Mais aucun d'entre eux n'a distingué le pseudo-Philippe d'un mort *réel*. Moralité : le travail de notre imagination crée des formes-pensées aussi denses – et parfois perceptibles – que le contenu de notre mémoire.

Je sonde son regard qui tantôt me traverse, tantôt me contourne. Je demande :

– Où voulez-vous en venir, exactement ?

– Vous le savez très bien. Plus vous penserez à Isabeau, plus vous lui donnerez d'impact. C'est le but du jeu.

Il sort de voiture, se penche pour refermer la portière :

– Dans les moments où vous serez tenté de perdre pied, ami, n'oubliez pas une chose : la puissance de la pensée. C'est elle qui va chercher l'information où elle se trouve, par intuition, logique ou télépathie – afin de se rassurer, de se mentir, de se convaincre… C'est dangereux, tout ça, mais bougrement passionnant. Allez, bon vent !

Je redémarre. Sa silhouette dans le rétro diminue, disparaît de ma vue au détour de l'allée. Ce qu'il vient de me raconter devrait conforter ma thèse de la conspiration – pourquoi ai-je l'impression qu'il essaie de me manœuvrer, lui aussi, en m'entraînant sur ce terrain ?

Après quelques centaines de mètres, je stoppe devant les derniers vestiges du tilleul que les bûcherons déblayent, autour du portail entièrement dégagé. Le tronc et les branches maîtresses, débités en gros tronçons, ont été chargés dans le camion-grue, les rameaux réduits en sciure dans la cuve en acier d'un broyeur. Il ne reste qu'une coupe franche à cinquante centimètres du sol.

Jadna Picard se tient au centre de la souche, dans une

tunique en mousseline noire. Les ongles joints sous le point rouge au-dessus de ses sourcils, elle prie – sans doute à la mémoire du vieux tilleul dont elle a pris la place. Elle se tourne vers moi, et la détresse que je perçois dans son regard me fait descendre de voiture. Moi aussi, j'ai un lien très fort avec les arbres, depuis mon enfance où je les enlaçais pour remplacer la chaleur humaine. Au journal télévisé, les scènes de déforestation me font plus mal que les images de guerre. Les brindilles craquent sous mes pas, au-dessus des racines désormais inutiles.

– Il était beau, dis-je sur un ton de condoléances.

– Il l'est toujours, répond-elle, les yeux dans le vague.

Avec une lenteur gracieuse, la vieille dame prend ma main, la soulève comme si elle m'invitait à danser, et me fait monter avec elle sur la souche.

– Dites-lui merci. Il a été sacrifié pour vous.

Le soupçon ridicule que ces brindezingues aient pu scier un tilleul séculaire dans le seul but de me retenir à dîner se désamorce tout seul, tandis que je sens une énergie légère et dense s'échapper du cœur de l'arbre, traverser ma voûte plantaire, se répandre le long de ma colonne vertébrale comme une montée de sève.

– C'est la même chose pour votre collègue. Il fallait qu'il tombe malade, pour que vous reveniez seul au château. Vous n'imaginez pas les forces positives qui se sont mobilisées autour de vous. C'est si important, ce qui vous est demandé... Il était nécessaire de vous isoler – et ce n'est pas terminé.

Je ne sais pas si c'est l'arbre qui lui monte à la tête, mais je préfère la laisser délirer sans répondre. Il faudra tout de même que j'aille voir Raphaël Martinez à l'hôpital : sans me croire un instant responsable de son état, je dois bien avouer que ses mises en garde contre l'occulte ont pris depuis hier une résonance nouvelle.

– Vous ne repartez pas tout seul, vous savez, murmure la Mauricienne. Isabeau est avec vous.

Je retire ma main de la sienne, descends de la souche en disant qu'on m'attend chez moi. Elle me retient par la manche.

– N'oubliez jamais combien les invisibles ont mal de notre aveuglement. Combien notre silence leur pèse. Répondez à Isabeau, même si vous doutez qu'elle vous parle. Vous verrez comme vous vous sentirez mieux, par les vibrations de reconnaissance qu'elle vous enverra. Vous me le promettez ?

– Sans problème, dis-je pour avoir la paix.

– Si, répond-elle gravement, sans cesser de sourire. Il y a quand même un petit problème.

– Lequel ?

Elle prend une longue inspiration, avant de prononcer sur un ton d'évidence navrée :

– Isabeau ne sait pas que vous êtes mort.

J'ai à peine le temps d'analyser la phrase que, déjà, elle enchaîne, avec un regard qui à nouveau bascule dans le flou :

– Et elle ne sait pas que vous êtes un autre.

9

Les premiers kilomètres furent un délice. C'était si bon d'échapper à ce repaire de cinglés, de regagner la ville, de se retrouver dans un monde normal avec des boulangères sournoises, des flics hystériques pour une ceinture de sécurité, des piétons qui vous engueulent quand c'est à vous de passer. La vie, quoi. Je ne me suis pas douté une seconde de la catastrophe qui allait me tomber dessus.

Je me gare devant le pavillon, attrape le sachet de croissants posé sur le siège passager. La porte est fermée à clé. Personne. Je sors mon trousseau, étonné. Il est neuf heures et Corinne ne travaille pas, le vendredi matin.

J'ouvre, je coupe l'alarme, et je me fige. Mes affaires sont devant moi dans le vestibule. Mon ordinateur, ma table de repassage, mon fer à vapeur, mon tableau, les trois valises, les quatre housses et les six cartons d'éditions originales avec lesquels je suis arrivé à Châteauroux, l'an dernier. La première pensée qui me vient à l'esprit, curieusement, concerne moins l'attitude de Corinne que le constat qui en découle : c'est fou le peu de place que tient une vie.

Je décachette l'enveloppe posée sur *Paraciel,* acrylique sur toile de Lidiane Lange représentant un Christ en croix euphorique, sans plaies ni couronne, abritant du soleil une peintre et son contrôleur fiscal attablés dans le désert au milieu des serpents.

Jean-Luc,

Si tu dois me quitter, fais-le tout de suite. Je sais bien que c'est difficile pour toi en ce moment, je comprends que tu aies eu envie d'aller voir ailleurs, mais je t'aime profondément et je n'ai plus les moyens de me détruire encore une fois à cause d'un homme. Alors si c'est pour découcher sans me prévenir, sans même inventer un mensonge, si c'est pour me laisser m'angoisser toute la nuit en t'imaginant, tour à tour, en train de baiser une pouffe ou d'agoniser dans ta voiture au fond d'un ravin, stop ! J'ai appelé tous les hôpitaux de la région, j'ai ameuté la gendarmerie pour qu'on me prévienne du moindre accident, et toi, tout ce que tu trouves à me dire ce matin, c'est un « J'arrive ! » de joyeux luron sur mon répondeur, comme si de rien n'était. C'est quoi, de l'inconscience, du sadisme à l'état pur, du foutage de gueule ?

Tes raisons sont les tiennes, je ne te reproche rien d'autre que ma nuit d'angoisse et ta désinvolture. La seule chose que je te demande, si tu me quittes, c'est du propre. Du chirurgical. Ne cherche pas à me joindre, j'ai besoin de faire le point toute seule. Je ne serai pas là de la journée, Julien est en cours jusqu'à dix-huit heures ; tu as largement le temps de prendre tes affaires.

Si tu les laisses, si je te retrouve en rentrant, ça voudra dire qu'il y a une autre explication que toutes celles que je viens de jeter sur le papier. Alors je suis d'accord pour l'entendre, ce soir. Mais sois honnête avec moi, je t'en supplie. Ne gâche pas l'occasion que je te donne de nous épargner, Julien et moi, si tu veux reprendre ta liberté. Je ne m'opposerai jamais à ce que tu le voies en mon absence, si c'est votre souhait à tous les deux. Et ne t'inquiète pas pour ta moitié de loyer : je sous-louerai l'étage.

Voilà. Écoute ton cœur et vis ta vie. Je ne retire pas ce que je t'ai dit avant-hier : je serais prête à te partager avec une femme qui t'apporte ce que je suis incapable de te donner en ce moment, mais je te demande de me le dire. J'ai trop souffert avant toi de ce genre de silence.

J'espère que tu comprends ma réaction, que tu vas la respecter, ou que tu as les arguments pour la combattre. Merci d'être aussi sincère que je le suis.

Corinne

J'abaisse la lettre qui est devenue floue, et je donne un coup de pied dans mes valises. Mais qu'est-ce que c'est que cette démence ? Je fonce à la cuisine, me jette sur le bloc où nous notons à tour de rôle la liste des courses, arrache la feuille en cours et rédige ma réponse d'une traite. D'abord son accusation ne tient pas debout :

je lui ai laissé deux messages et un texto hier soir ; il est impossible qu'elle n'ait rien reçu ! Je ne mets pas en doute sa sincérité, naturellement, je suis bouleversé par sa lettre, atterré par l'état dans lequel l'a mise ce malentendu, je l'aime, rien n'a changé entre nous et je lui demande de me rejoindre au Long Way, j'y serai à partir de dix-neuf heures. Je lui expliquerai tout : l'orage, le tilleul, les perturbations téléphoniques, les dérapages de mon contrôle chez les dingues de Green War. Je lui joins, dérisoire, ma facture d'hébergement en guise de pièce à conviction, et je termine mon cri du cœur en lui disant que la privation de son corps me rend fou, c'est vrai, mais je peux lui jurer qu'elle est la seule femme de ma vie.

Je reviens dans le hall, pose ma réponse en évidence sur le tableau décroché où j'ai trouvé son enveloppe. Et, sans avoir le courage de me raser ni de changer de vêtements, je tire la porte derrière moi avec la sensation, irraisonnée mais sincère, que la dernière phrase de ma lettre est un mensonge, une mise en danger – presque le début d'une trahison.

Dans le jardin, je laisse tomber mon cartable et j'enlace mon seul copain, ce cèdre bleu plusieurs fois centenaire pour lequel j'ai voulu qu'on loue ce pavillon. Un arbre extraordinaire avec un creux si grand dans son tronc qu'on y tient debout. La force qu'il dégage me donne chaque matin, pendant quelques minutes, une énergie démesurée que je n'emploie à rien. Une énergie encore décuplée lorsque je touche de l'autre main son protégé, ce petit frêne mort autour duquel s'est refermée avec le temps l'écorce du cèdre.

Je voudrais que le tilleul de Grénant soit toujours debout. Je voudrais que la nuit dernière n'ait jamais eu lieu. J'ai jusqu'à dix-neuf heures pour effacer le trouble qui subsiste en moi, pour m'ôter de la tête cette histoire d'Isabeau en me persuadant, preuves à l'appui, qu'il n'y a là-dessous que délire, fantasme ou complot.

*

Je commence par m'arrêter chez l'épicier de la rue Musset, où j'achète un oignon que je glisse dans ma poche droite. Si jamais c'est Raphaël Martinez qui a raison, au diable le ridicule. Je ne vais pas perdre Corinne pour une saute-au-paf hypothétique de six cents ans. À la pause déjeuner, j'irai voir mon collègue à l'hôpital : je ferai amende honorable, je m'inclinerai devant sa décennie d'expérience dans le Berry, j'admettrai que les sortilèges sont un moyen de contrer le fisc, je lui raconterai ma nuit et j'écouterai ses conseils. Et s'il me confirme que les contribuables du château ont pratiqué sur moi un envoûtement, tant pis pour eux : j'écrirai leur nom sur des papiers pliés que je noierai dans mon bac à glace. Exorcisme *on the rocks*.

C'est dans cet état d'esprit que je me gare, dix minutes plus tard, sur le parking de l'hôtel des impôts. Tandis que je me recoiffe en transparence dans mes vitres, une

Citroën C6 bleu nuit, à trois emplacements du mien, vient recouvrir l'inscription calligraphiée sur le goudron : *Monsieur le Trésorier-payeur général adjoint.*

Les pieds en flèche sur la ligne de peinture blanche, j'attends que mon supérieur ait ouvert sa portière et déplié sa longue silhouette joviale tirée à quatre épingles. Il se rembrunit en me voyant, pince son nœud de cravate, me tend la main d'un air contrarié. Je le prie d'excuser mon look fripé, j'invoque un impondérable. Avec une moue compréhensive, il me présente ses condoléances. Ma réaction est complètement absurde : je me retourne comme si Isabeau me suivait, comme si le fantôme à qui j'ai fait l'amour en rêve était visible aux yeux de M. Candouillaud.

– C'était un élément de valeur, soupire-t-il.

Dans la seconde, je comprends avec stupeur de qui il parle.

– Mais quand même, nous transmettre un virus contracté sur un site pornographique...

Il écarte ses mains, les laisse retomber sur ses cuisses. Fin de l'éloge funèbre. Les doigts crispés sur l'oignon dans ma poche, je demande ce qui s'est passé.

– Arrêt du cœur en salle d'opération, hier soir. Vous n'étiez pas au courant ?

Sous le choc, je monte téléphoner à la veuve de Raphaël. Dans le bureau qu'on a partagé durant plus d'un an, je regarde sa chaise vide, ses piles de dossiers impeccablement alignées, ses paquets de chewing-gums, et le calendrier où il barrait les jours depuis qu'il avait cessé de fumer. J'écoute les sanglots de Josiane ou Christiane, je ne sais plus. Elle parle assurance vie, séparation de biens, retraits en espèces. Je lui dis que je suis bouleversé moi aussi, qu'il avait été si prévenant pour moi à mon arrivée à la brigade. Je cherche une autre qualité à souligner, mais elle me raccroche au nez en me jetant avec rancœur qu'on est tous les mêmes.

Je vais m'accouder un moment à la fenêtre, au-dessus du parking qui s'est rempli entre-temps. Le seul emplacement vide porte un numéro d'immatriculation qui aura changé au retour des vacances. Pauvre Raphaël. Qui sa mémoire fera-t-elle rêver ? Malgré mes sensations de la nuit dernière, je persiste à penser que la mort physique est un point final, et qu'on ne survit qu'au passé dans le cœur de nos proches – ce qui n'exclut pas les notions de purgatoire ou d'enfer, mais pour ceux qui restent. Le souvenir que laisse un type comme Raphaël empoisonnera sa veuve d'aigreurs mesquines plus ou moins fondées : il n'avait rien prévu, rien mis de côté, il tapait dans l'argent du ménage pour aller aux putes, et il l'abandonne avec ses trois mômes. Tandis qu'Arthur, le seul défunt cher à mon cœur, a fait de nos années communes un paradis de nostalgie et d'amour sincère où, vingt ans après, je puise toujours du réconfort. Même si ce n'était qu'un chat de gouttière.

Et que dire de cette Isabeau dont la jeunesse, la passion et le destin tragique ont creusé en moi, à partir d'une

109

voyance improbable et de quelques lignes d'érotisme, une empreinte si dense que j'ai cru à des retrouvailles ?

Je referme la fenêtre. La seule chose sensée que je puisse faire en mémoire de mon collègue, c'est consulter ses notes pour clore au mieux le dernier contrôle effectué avec lui.

Le nez dans la comptabilité de Green War, à mesure que j'assimile ses remarques et ses analyses, je ne peux m'empêcher d'aller dans le sens de ses superstitions. De me raconter l'histoire de son point de vue. S'il avait su les derniers développements, il n'aurait pas manqué de soupçonner les marchands de prédateurs de lui avoir déclenché une syncope, hier matin, pour me faire revenir seul au château et me donner en pâture à leur fantôme. Il se serait identifié au tilleul sacrifié pour me retenir sur place. Peut-être serait-il allé jusqu'à soutenir que, si une revenante est assez douée pour faire jouir un vivant, ce n'est pas très difficile pour elle de provoquer une mort.

Assez déliré. Je prends une feuille blanche et commence dans ma tête la synthèse de nos investigations. Le stylo posé sur le haut de la page, je laisse les éléments se mettre en place, j'attends l'inspiration.

Mon Guillaume d'amour, je suis la plus heureuse des femmes

Je lâche le stylo et recule dans ma chaise, effaré. Ma main est partie toute seule, et il m'a fallu plusieurs secondes pour déchiffrer les mots que je griffonnais, me rendre compte qu'ils n'avaient rien à voir avec les réflexions que je pensais coucher sur le papier.

Je déchire la feuille, en prends une autre et me concentre en détachant les lettres :

Notification de redressement
En vertu des articles 35, 36, 37 et 38 du Code général des impôts, je suis la plus heureuse des femmes grâce à toi, mais je ne suis pour rien dans la mort du collecteur de taille

Je me lève, hagard. J'ai dû m'arracher au stylo qui m'entraînait sur la feuille à une vitesse effrayante. C'est horrible. Ce n'est même pas la sensation d'une force extérieure qui prend les commandes de ma main ; c'est de la schizophrénie pure et simple. Comme une dérivation, une bascule vers une pensée parallèle. Et j'ai moins le sentiment d'une interférence que d'une fusion, d'un travail souterrain qui vient se mêler à ma concentration pour mettre au jour mon vrai problème. *Collecteur de taille.* La taille et la gabelle étaient des impôts de l'Ancien Régime – pourquoi parler de mon collègue au passé médiéval, sinon pour me faire conclure que c'est Isabeau qui le voit à travers mes yeux ? Si mon inconscient trahit ma raison en usant d'arguments cartésiens, il est urgent que j'aille voir un psy.

Mais auparavant, je dois dissiper toute ambiguïté. Me prouver noir sur blanc que les informations qui sont venues sous ma main, la nuit dernière, ne sont que de l'imaginaire en roue libre.

Je reprends mon cartable et fonce dans le couloir, percutant M. Candouillaud qui exprimait sa sympathie à Berg et Vannier de la 1ʳᵉ brigade. Je me confonds en excuses et me sens obligé de préciser, devant son regard alarmé, que je cours vérifier un élément du dossier Green War.

— Ménagez-vous, Talbot, dit le trésorier-payeur avec une bienveillance soucieuse. Pensez à votre collègue.

Au moment de monter en voiture, je découvre que l'oignon n'est plus dans ma poche. J'hésite à en racheter un, et puis je me dis que la superstition est un piège, que le talisman renforce l'emprise qu'il est censé combattre. C'est par la résistance mentale que je me sortirai de ce cauchemar ; pas en me soumettant aux vertus pseudo-magiques d'un bulbe.

10

La salle de consultation des Archives départementales de l'Indre sent le béton frais, l'antimite et le champignon. Dans le silence semé de toux discrètes, entre un vieil érudit somnolant sur un grimoire et une jeune fille qui recopie des extraits de cadastre, je me plonge dans la liste des pièces répertoriées à l'en-tête *Fonds de la famille de Grénant.* Je passe les premiers siècles, ralentis machinalement ma lecture à partir de 1410, m'arrête soudain sur la cote 49 J 1/13/9 :

Vidimus du contrat de mariage et testaments établis le vendredi après Noël 1428, à Châtillon-sur-Indre, entre Jean Curtelin Torcy, baron de Grénant, et Isabeau Anne de Grénant. Signé G. Saugnoult, passé par U. Meurleume, prêtre.

Mes jambes sont tétanisées sous la table. *Vendredi après Noël 1428.* C'est mot pour mot ce qui figure sur la lettre que je me suis écrite la nuit dernière. J'ouvre mon cartable, et le referme aussitôt. Je n'ose même pas recopier ces lignes dans un carnet, de crainte de réactiver la double personnalité qui a pris racine dans ma tête.

Le cœur en vrille, je retourne déranger la conservatrice pour demander l'original du document référencé. Tout en remplissant mon bon de consultation en trois exemplaires, je m'étonne tout haut que le fonds Grénant ne contienne pas d'autres pièces avant 1492.

– Incendie, répond-elle, laconique.

Et elle tend une copie de mon bon à un archiviste en blouse, qui se dirige vers un ascenseur. Visiblement, absorbée dans une revue des Musées de France, elle n'a aucun désir de prolonger notre conversation. Je regagne ma table.

Après quelques minutes, l'archiviste m'apporte un sous-verre renfermant un bout de papier moisi, déchiré aux pliures, à l'encre diluée par le temps et l'humidité. J'approche le nez du texte. Une seule ligne est véritablement lisible.

... d'estanc pour avoir une messe toutez les sepmainez au jour de son deseps LX escus vieulx a Ursin Meurleume, prestre.

Le choc brouille ma vue. Je monte les yeux au plafond, me force à fixer les moulures pendant quelques secondes, avant de vérifier que la calligraphie délavée ne m'a pas induit en erreur. Non. Je lis bien *Ursin Meurleume*. Comment mon inconscient a-t-il pu deviner non seulement la date précise du mariage d'Isabeau, mais encore le prénom

de son confesseur – un prénom aussi inusité ? Je suis catégorique : personne n'a mentionné devant moi ces deux
informations. À moins qu'un des actionnaires du château
ne soit venu chuchoter ces détails à mon oreille, pendant
que je dormais, pour me donner l'illusion d'être en relation réelle avec Isabeau, d'avoir vécu à son époque.

La tête dans les mains, je masse lentement mes tempes,
jusqu'à ce que ce soupçon surréaliste devienne la seule
explication rationnelle. Ou l'on cherche à m'abuser, ou
je retrouve la mémoire d'une vie antérieure, ou je suis
squatté par une morte.

Ai-je le choix ?

*

En sortant des Archives départementales, je prends la
direction du centre-ville au milieu des embouteillages. Il
faut que je remonte aux sources du complot. À la première personne qui m'ait parlé d'Isabeau de Grénant.

Quand j'arrive au coin de la Poste, Marie-Pierre est
en train de charger les paniers du courrier trié dans sa
camionnette jaune. Je décide de l'observer un moment
en restant caché, manière de reprendre l'avantage. Mais
elle s'arrête soudain, narines au vent et tête mobile,
comme un chien de chasse, pivote dans ma direction et
m'adresse un coucou joyeux.

Lèvres pincées, je sors de voiture et m'approche en
essayant de n'afficher aucune émotion. Elle m'accueille

par une bourrade sur la clavicule, et me lance d'une voix gaillarde :

— Ben dites donc, vous vous êtes pas embêté, cette nuit !

Je jette un regard inquiet autour de moi. Heureusement c'est jour de marché, et les gens sont trop pressés, trop chargés pour s'intéresser aux histoires d'autrui. Je demande sur la pointe de la voix :

— C'est-à-dire ?

— Vos retrouvailles. Elle m'a réveillée à quatre heures du matin, pour me décrire tout ce que vous lui avez fait. C'était chaud bouillant, dans l'astral ! Je peux vous dire qu'elle et vous, ça dépote !

J'avale ma salive, m'efforce d'entrer dans sa logique pour la mettre en confiance :

— C'était en écriture automatique ?

— Non, je l'ai entendue directement. En la faisant crier de plaisir, vous lui avez rendu sa voix.

Elle charge le dernier panier à lettres, referme son hayon, me pose une main sur l'épaule.

— Je rigole. Quoique. Vous êtes un sacré lapin : elle m'a tout raconté. Vous savez, entre filles... Vous m'offrez un p'tit crème ?

Au comptoir du Café de la Poste, elle m'a relaté par le menu la nuit d'amour que j'avais offerte à Isabeau. Et le plus terrible, c'est que chaque image, chaque position, chaque parole trouvait sa place, telle une pièce de puzzle, dans la mémoire de mon rêve qui peu à peu se reconstituait.

— Alors ce qui est marrant, c'est qu'elle est toute fine et gracieuse, mais qu'elle parle en roulant les *r*. Comme on faisait à l'époque. « C'était si grrand bonheurr de lui brrandeler son chibrre ! » Du coup, on a frôlé la cata. Vous voulez savoir à quoi vous avez échappé ?

Je réponds d'une moue vague.

— Elle me dit : « Je voudrrais que Guillaume soit sûrr que c'est bien moi, qu'il rreconnaisse le son de ma voix : prrête-moi tes corrdes vocales ! » Je lui ai expliqué : Ma cocotte, vaut peut-être mieux pas. Je lui ai pas dit que ça risquait de vous faire débander grave ; je la ménage. C'est une toute petite âme fragile et enthousiaste, et tellement heureuse d'avoir été libérée par l'homme qu'elle aime — faut qu'on y aille mollo, tous les deux.

Elle rapproche de moi son tabouret qui vacille.

— Par exemple, quand j'ai essayé de lui faire comprendre que niquer avec vous, c'était sûrement très bien, mais fallait pas trop remettre le couvert parce que, bon, vous n'êtes pas sur le même plan vibratoire et ça peut causer des perturbations — n'oubliez pas qu'elle sait qu'elle est morte, mais elle ne mesure pas depuis quand, et pour elle vous êtes toujours le même Guillaume qu'elle a connu et vous êtes toujours vivant — donc, lorsque je lui ai dit qu'entre vous, il vaudrait peut-être mieux baisser la chaudière, vous savez ce qu'elle m'a répondu ?

Je tourne ma cuillère dans mon café trop clair. Le pire n'est pas que la postière claironne mon intimité au milieu des consommateurs ; c'est que je reçoive ces révélations avec autant de naturel. Comme si j'y croyais. Comme si je *savais* déjà tout ce qu'elle me raconte.

– Elle m'a répondu : « Pourrquoi ? C'est si grrand jouirr de lui boirre la honte. » Je cite.

Mes orteils se recroquevillent. *Toute honte bue.* Les cinq syllabes claquent dans mon souvenir ; le son clair et mutin de la voix féminine qui chantonnait dans ma tête au réveil, avec un tel effet sensuel – évidemment, il n'y avait pas de *r*.

Pour garder un minimum de sang-froid, je me plonge dans le regard embué de Marie-Pierre, m'efforce de m'intéresser à cette grosse Berrichonne qui sent le géranium et l'ammoniaque, de comprendre sa mentalité, ses raisons, son vécu.

– Dites-moi, ce pouvoir de médium, ces messages et ces visions, vous avez ça depuis longtemps ?

– Toujours eu. C'est dans la famille depuis cinq générations. Heureusement, j'aurai jamais d'enfant.

Dans un réflexe de civilité, je lui demande pourquoi elle dit ça.

– C'est pas un cadeau à nous faire, soupire-t-elle, de nous mettre au monde avec ce don. Si encore on ne captait que les morts… Mais on entend les vivants. Ce qu'il y a dans leur tête, c'est encore pire.

Je m'enquiers pour achever de l'amadouer, comme si nous parlions vacances :

– Et vous faisiez quoi, vous, dans votre vie précédente ?

— Je ne vois rien pour moi, coupe-t-elle sèchement. Et je ne veux rien savoir.

J'apaise sa nervosité d'un geste conciliant, doigts écartés, j'enchaîne :

— Et vos amis du château... vous trouvez qu'ils sont aussi doués que vous ?

Elle ôte ses lunettes, sort une lingette pour les nettoyer.

— Ce sont des gens formidables. Ils m'ont accueillie comme une des leurs, quand j'ai eu mon malheur.

— Quel malheur ?

— Bon, faut que j'aille faire ma tournée.

Elle remet ses lunettes, se penche de côté pour descendre du tabouret. Je la retiens :

— Il va se passer quoi, maintenant, pour Isabeau ?

Elle regarde l'heure et, avec un soupir, commande un deuxième crème.

— C'est à vous de décider, monsieur Talbot. C'est à vous de gérer ça avec Guillaume. Discutez-en.

J'ai un mouvement d'impatience :

— Qu'est-ce que vous racontez ? Si j'étais lui dans une vie précédente, comment je peux le dissocier de moi ? C'est absurde.

Elle attrape un croissant dans la corbeille.

— Présenté comme ça, oui. Mais demandez à Jadna : c'est pas aussi simple, la réincarnation. C'est pas une clause « annule et remplace ». Chaque être humain est un orchestre, en fait. On est composés de musiciens venus d'horizons différents, qui jouent tous la même

119

partition, alors on n'entend qu'une seule musique. Le Guillaume en provenance du Moyen Âge, mettons que c'est un second violon dans la formation Jean-Luc Talbot. D'un coup, la nuit dernière, il s'est mis à improviser un solo. Un solo inspiré de sa mémoire des concerts antérieurs. Et vous, le chef d'orchestre, vous l'avez entendu, vous l'avez écouté, pour la première fois.

J'essaie d'assembler mes idées, mes certitudes et mes rejets, mais tout se démanche au souvenir des preuves que j'ai reçues. Je la regarde tremper la corne de son croissant dans sa tasse. Après un temps d'hésitation, je décide de tester sa réaction :

— Isabeau m'a écrit. La nuit dernière et ce matin.

Elle se redresse d'un coup, dans une éclaboussure de café crème.

— Formidable ! Vous n'avez plus besoin de mon intermédiaire, alors. Je suis ravie : je vous la laisse ! Elle vous a dit quoi, des mots d'amour ?

Je l'observe attentivement.

— Et deux détails précis que je suis allé vérifier aux Archives. Ils sont exacts.

Elle ne paraît pas surprise. L'air concentré, elle vrille son croissant dans sa bouche pour l'essorer avant de le mordre. J'enchaîne, sur le même ton détaché :

— Vous savez que vous risquez de trois à cinq ans de prison ?

— Charlie, un p'tit rhum ! commande-t-elle, puis elle me glisse avec un clin d'œil : Vous v'là médium, vous aussi.

120

– Je ne parlais pas de conduite en état d'ivresse, mais de manipulation mentale par hypnose ou toute autre forme de suggestion. La jurisprudence ne sert pas uniquement à condamner les sectes. Dites-le à vos amis du château.

Elle me scrute, les yeux ronds derrière ses grosses lunettes, finit de mâcher, avale, puis éclate de rire.

– Excellent ! s'écrie-t-elle en me tapant l'omoplate. Vous pensez qu'on vous a défoncé au margaux, shooté à la daube, hypnotisé au pendule ? Que je vous ai transmis des messages bidons, des fausses visions ? Vous pensez qu'Isabeau n'existe pas et que vous n'avez jamais été Guillaume, qu'on les a inventés pour faire diversion, échapper au redressement fiscal en vous mettant le cerveau et les couilles en surchauffe ? Vous êtes bien barré, dans vot' genre.

Je ne dis pas le contraire. Formulé de la sorte, c'est vrai que mon hypothèse est d'un grotesque achevé. Employer dans un but aussi aléatoire tant de moyens eux-mêmes sujets à caution... Personne ne jugerait ma plainte recevable. Autant rengainer mes menaces, et continuer d'analyser froidement les phénomènes que je subis.

– Admettons que je n'aie rien dit.

– Non, non, c'est rigolo. Ça les fera bien marrer, au château. Mais vous préférez peut-être que ça reste entre nous ?

– Merci.

121

– De rien. C'est normal de pédaler un peu dans la semoule, avec ce qui vous tombe dessus.

– Marie-Pierre. Qu'est-ce qui m'est arrivé, concrètement, la nuit dernière ?

Elle attrape un autre croissant, vide son verre de rhum et commande un troisième crème.

– Vous êtes parti au XVe siècle, dans la mémoire d'Isabeau. Concrètement, comme vous dites, elle a reconstitué dans l'astral son époque, le décor de vos amours et le corps de Guillaume – mais à partir de votre matos d'aujourd'hui, si vous voyez ce que je veux dire. C'étaient de vraies retrouvailles physiques. Quand elle tirait la substance de Guillaume, c'était vous le fournisseur.

La nature de son regard ne laisse aucune place à l'ambiguïté. Mon ventre se contracte, mais je ne rougis pas. Je ne montre rien. Je ne vais quand même pas lui demander comment elle sait que ma semence s'est volatilisée – confidences de filles, je suppose. Au point où j'en suis. La seule chose un peu rassurante que je découvre, c'est la vitesse à laquelle on prend le pli de l'irrationnel, quand on est concerné. Il n'est même pas nécessaire d'y croire pour s'y résoudre : au lieu de penser qu'on devient fou, on cherche comment gérer ce qui nous dépasse. Les facultés d'adaptation de l'être humain sont vraiment infinies.

Je m'entends demander :

– Ç'aurait pu être dangereux, pour moi ?

122

Elle aplatit sa main sur mon genou, répond avec une franchise souriante :

— Ben oui. C'est le petit inconvénient que j'essayais d'expliquer à Isabeau, mais c'est trop tôt. Laissons-la récupérer. Visiblement, ça vous a pas mal réussi, à vous aussi, de la retrouver. Sans vouloir vous flatter, vous n'êtes plus le même homme.

Je lui demande de préciser de quel « inconvénient » il s'agit.

— Quand on quitte son corps pour aller dans l'astral, et ça m'arrive tout le temps, y a des moments où on ne parvient plus bien à rentrer. C'est comme une chaussure qui est devenue trop petite, si vous voulez, parce que le pied a gonflé à l'air libre.

Elle coupe en deux son croissant, m'en donne la moitié. Je domine le malaise, parviens à articuler d'une voix normale :

— Et alors ? Si ça m'était arrivé, je serais mort ?

— Ou dans le coma, oui. Mais c'est quand même assez rare. Généralement, le pied finit par dégonfler au bout d'un moment, et tout rentre dans l'ordre. Regardez-moi.

Elle empoigne fièrement ses bourrelets à travers son blouson de la Poste, enchaîne .

— Ça fait dix ans que je sors de moi toutes les nuits, et je suis toujours là.

— Qu'est-ce que vous appelez exactement « aller dans l'astral » ?

— Changer de plan vibratoire. Passer dans la dimension

éthérique où évoluent les âmes errantes, les égrégores, les formes-pensées…

– C'est quoi, une « forme-pensée » ?

– Vous voulez du mal à quelqu'un, ou alors vous projetez un fantasme, vous construisez un rêve, vous créez un personnage… À chaque fois, c'est comme une émission de CO_2 qui se répand dans l'atmosphère. Pas forcément une pollution : tout dépend de qui la récupère. Il y a le bas astral, encombré par la merdouille : les désincarnés qui refusent de couper le lien avec la matière, ceux qui répondent des conneries quand vous faites tourner les tables, par exemple. Et puis le haut astral, où les entités supérieures travaillent à une meilleure harmonie entre nos mondes. C'est là que vous avez pris votre pied, la nuit dernière. Ça m'est arrivé une ou deux fois, moi-même, et je sais ce que vous avez ressenti. Ça n'a rien à voir avec ce qu'on connaît sur Terre, hein ?

– Vous êtes mariée ?

La question m'a échappé – je la regrette aussitôt, mais elle me la retourne sans y répondre. Je lui dis que je vis avec une femme que j'aime.

– Souci, commente-t-elle. Bon, pour l'instant, la petite ne perçoit que son Guillaume. Elle ne voit pas le monde autour de vous, elle ne sait pas que Jean-Luc Talbot existe ; elle est toujours dans son Moyen Âge, mais ça ne va pas durer.

– C'est-à-dire ?

Elle enfonce son index dans ma poitrine.

– C'est-à-dire que maintenant elle est scotchée à vous, mon vieux. Vous l'avez délivrée de sa tour, vous avez répondu présent à son appel et vous l'avez sautée comme autrefois : désormais son esprit gambade autour de vous comme une petite chienne sans laisse.

Mon demi-croissant tombe par terre. Je siffle entre mes dents :

– Qu'est-ce que c'est que ces conneries ?

– Vous pouvez parler normalement. Là, je vous ai mis sous protection pendant qu'on discute, je nous ai fait l'isolation phonique, mais plus elle va se brancher sur les vibrations de Guillaume et plus elle va découvrir l'orchestre dans lequel il joue. L'orchestre, mais aussi les groupies… Et je vous préviens : elle est jalouse comme une teigne. Si vous tenez à Corinne, préparez-la.

J'encaisse le coup avec un sang-froid qui m'impressionne. Je mets même quelques instants à me rappeler que je n'ai jamais prononcé devant elle le prénom de ma compagne. Qu'elle l'ait entendu dans son astral ou qu'elle nous ait distribué du courrier, l'important n'est pas la source de l'information, mais ses éventuelles conséquences. Je demande, très neutre :

– La préparer à quoi ?

– Au ménage à trois. Isabeau ne vous lâchera plus, maintenant que vous lui avez dit oui. C'était votre libre arbitre : faut vous en prendre qu'à vous.

Je crispe les doigts sur son poignet.

– Dites-moi la vérité. Il y a un risque, pour Corinne ?

– C'est trop tôt pour le savoir. Mais je vous conseille de la mettre au courant assez vite, afin que ses guides à elle renforcent sa protection. Comprenez bien qu'Isabeau n'est pas méchante ; elle n'est qu'amour et bonheur depuis que vous l'avez délivrée. Mais l'amour le plus pur charrie toujours à son insu des maladies possibles. Et ce n'est pas toujours en se protégeant qu'on se protège.

– Ça veut dire ?

– Ça veut dire que mon conseil, Jean-Luc, c'est le mi-temps thérapeutique.

Je fronce les sourcils.

– Définissez le territoire. C'est vous le mâle dominant, selon ses critères. C'est pas parce qu'elle est morte depuis six siècles qu'elle a perdu les repères et les valeurs de son époque. Alors pour éviter qu'elle vous colle toute la journée dans votre présent, donnez-lui rendez-vous chaque nuit dans son passé. Allez, y a mon courrier qui m'attend.

Elle saute au bas du tabouret, se penche par-dessus le comptoir pour faire la bise au patron, slalome vers la sortie entre les gens qui reviennent du marché. Je la rattrape sur le trottoir.

– Marie-Pierre ! Vous m'avez foutu cette fille dans la tête : *je n'en veux pas !* Je suis agent du Trésor, j'ai une famille, j'ai des soucis, je suis heureux et je suis complet. C'est clair ? Si votre fantômette est vraiment là dans mes pattes, reprenez-la !

Elle soutient mon regard, en traçant une ligne sur son front :

126

— Y a marqué « La Poste », OK ? J'ai transmis, vous avez ouvert : maintenant c'est à vous d'assumer les conséquences de votre choix.

— Mais je n'ai rien choisi !

— Allez, Jean-Luc, haut les cœurs ! Arrêtez d'être timide.

Elle me secoue les épaules, comme une coach dynamise son champion.

— C'est pas un drame qui vous arrive, au contraire : c'est une histoire magnifique qui avait mal tourné et qui, grâce à vous, rentre dans l'ordre ! Et puis je vais vous dire, c'est tout bénef pour vous. Ça va drôlement vous alléger sur le plan karmique.

— Vous parlez de quoi, là ?

— Je ne veux pas vous faire de peine, mais le karma de Guillaume, à trimbaler, c'est un vrai sac à merde. Je me suis branchée sur lui, hier soir, en rentrant chez moi. Il en a fait de belles, avec les femmes. Toujours le même scénar : je séduis une épouse, je me fais choper, et je me barre. Des Isabeau à libérer, y en a peut-être des dizaines qui vous attendent.

— Mais ce n'est pas mon problème, enfin !

— À vous de voir. Mais dites-vous bien que si, dans votre vie de Jean-Luc Talbot, vous passez votre temps à vous faire trahir ou larguer, y a peut-être une raison. Bonne journée.

11

J'ai marché une demi-heure à travers les rues, au hasard, complètement sonné, mon portable à la main. Espérant un appel de Corinne, et m'interdisant de l'appeler. Elle ne voulait pas que je la joigne et peut-être qu'elle était en train d'errer elle aussi, ailleurs en ville, paumée comme moi, espérant un appel.

Mon entretien avec la postière ne m'avait pas redonné prise sur la situation, au contraire : ma schizophrénie s'aggravait. Si j'étais un chef d'orchestre, pour reprendre sa métaphore, alors mes musiciens m'avaient confisqué la baguette, et le second violon dirigeait à ma place une œuvre écrite par sa maîtresse.

Dans ma tête cohabitaient l'allégresse d'une amoureuse en chaleur, et la lucidité froide d'un séducteur en fuite qui voulait se justifier. Isabeau et Guillaume imposaient leur partition, me disaient tour à tour comment je devais l'interpréter ; ils m'encourageaient, me critiquaient, divergeaient, fusionnaient, se scindaient en me laissant tiraillé entre excitation, refus, remords et trouille.

Pour ne rien arranger, en regagnant mon bureau, j'ai découvert quel rendez-vous figurait sur mon planning, avant le déjeuner. Ce n'était peut-être pas l'idéal, dans mon état, d'aller contrôler un psychanalyste.

Je suis monté chez le trésorier-payeur général adjoint.

– Entrez, il n'a personne, m'a glissé d'un air entendu sa secrétaire, une déléguée syndicale qui essayait périodiquement de m'encarter.

M. Candouillaud, les pieds sur son sous-main, écoutait de la musique classique en lisant Nabokov. Je l'ai informé que je me rendais chez Serge Lacaze, le thérapeute-vedette de France Bleu Berry, un dossier sensible, et je l'ai prié de m'affecter un collègue de la brigade en remplacement de Raphaël Martinez. Mon supérieur a sauté sur ses pieds :

– Il a publié des livres, non ?

– Quelques-uns, oui. J'ai ses relevés de droits d'auteur.

– *Critique de la déraison impure*, le prix Michel-Foucault 2003, c'est bien de lui ?

– Il me semble.

– Je vous accompagne, décide-t-il en boutonnant son veston. Et il ajoute, avec une lueur de gourmandise dans ses yeux clairs : J'adore les écrivains !

Délaissant sa limousine à chauffeur, il s'est installé dans ma Clio : ça le rajeunissait. Durant le trajet, je l'ai briefé sur la situation fiscale de l'ancien ténor des divans parisiens. Quand il avait emménagé à Châteauroux, le Centre des impôts de Neuilly-sur-Seine nous avait transmis son dossier avec une pastille rouge. En tant qu'auteur bénéficiant de l'article 100 *bis* pour étaler ses revenus sur cinq ans, Lacaze avait cru pouvoir abroger d'un coup le dispositif, sans appliquer la moulinette compensatoire des quatre cinquièmes.

— C'est loin, tout ça, soupire avec nostalgie le haut fonctionnaire qui, à son niveau, ne contrôle plus que la température de sa clim.

Je traduis :

— Il a remplacé la moyenne de ses grosses années antérieures par le seul montant de la dernière, qui ne représente que le tiers de son revenu imposable.

— Vous n'en ferez qu'une bouchée, se désole mon patron, magnanime.

— Il n'y a pas de mérite : il est tellement transparent.

Je jouais les caïds, mais en réalité c'est moi qui appréhendais de me sentir mis à nu, percé à jour par cette intelligence péremptoire et sectaire dont je mesurais, chaque matin, l'effet dévastateur sur les auditeurs de France Bleu Berry. À tort ou à raison, je me disais que Serge Lacaze, avec son jugement affûté par la déchéance financière et sociale, percevrait immédiatement mon désordre mental, et qu'à la moulinette compensatoire des quatre cinquièmes il répondrait schizonévrose, mythomanie et maladie de la persécution.

Heureusement, il était déjà au lit, son horloge biologique et la tranche horaire de son émission l'obligeant à vivre la nuit, travailler à l'aube et dormir de onze à neuf.

À mon grand soulagement et au dépit de mon supérieur, c'est son comptable qui nous a reçus.

L'entrevue a duré une heure, dans le living à baies vitrées encore encombré des cartons du déménagement, comme si le Parisien délocalisé avait voulu se persuader que son exil n'était que temporaire. Le comptable a reconnu les faits, plaidé la bonne foi de son client. J'ai fini par accepter une déclaration rectificative des revenus, et j'ai coupé la poire en trois sur les pénalités, tandis que le trésorier-payeur, planté devant la bibliothèque, feuilletait d'un air frustré les ouvrages du psy déchu de la jet-set.

Je donnais le change, mais j'allais mal. Je n'arrivais pas à me concentrer sur les chiffres, j'écoutais un mot sur deux, je m'en foutais. J'étais ailleurs. En inventaire. Les femmes de ma vie se succédaient entre les justificatifs et les déductions. Toutes celles qui m'avaient trahi, quitté, pour un autre ou pour leur bien. Celles que j'avais laissées passer en retenant mes sentiments. Et celle que j'étais peut-être en train de perdre.

Les échecs et la tristesse se mêlaient aux rancœurs dans un tournis glauque, mais je ne reconnaissais pas les sentiments que j'éprouve habituellement lorsque je fais mon bilan. Une transformation s'opérait en moi. Une distance et une lucidité qui débouchaient sur une lumière nouvelle – un aveuglement, pour l'instant, mais derrière lequel j'y verrais enfin clair, je le savais… Ce n'était pas moi, cette image qu'ils avaient tous. Non, je n'étais pas un séducteur égoïste, un lâche, un fuyard, un désinvolte.

J'avais souffert mille morts du mal que j'avais fait sans le vouloir, mais on saurait un jour la vérité, on saurait pourquoi je n'avais pu sauver Isabeau...
— Jean-Luc, ça ne va pas ?
M. Candouillaud me ramasse. Je balbutie que tout est OK, mais ces chaises pliantes ne sont pas vraiment stables, j'espère que je n'ai rien cassé. Le comptable me rassure, se confond en excuses de la part de son employeur, me propose un remontant, m'indique la salle de bains. Je traverse la moquette avec l'impression de marcher sur une plage de galets.

Après m'être passé de l'eau sur la figure, je me dévisage avec insistance dans le miroir. Je me raisonne, je me rassemble, je me réintègre. Je suis Jean-Luc Talbot, né de parents inconnus, je n'ai pas d'autre histoire que celle que je me suis forgée, de foyers d'accueil en fugues, d'études en plans de carrière, de ville en ville au hasard de mes affectations, de femme en femme au gré de leurs désaffections. C'est *mon* problème, *mon* parcours, *mon* destin. Pas de vie antérieure, pas de karma, pas de fatalité embarquée, pas de passager clandestin. Tout ça n'est qu'un leurre, Marie-Pierre est une manipulatrice qui existe sur le dos des fantômes qu'elle invente, et quant aux prétendues preuves qu'on a mises sur ma route, il y a une explication à tout et je la trouverai.

Requinqué, je rouvre la porte de la salle de bains, et tombe nez à nez avec Serge Lacaze. En caleçon noir et tee-shirt Amnesty International, la maigreur rigide, le cheveu hirsute, l'air comateux, il me contourne sans me voir, et se dirige vers les W-C d'un pas de somnambule. Je ferme sans bruit la porte derrière lui, et je regagne le salon où le trésorier-payeur est en train de parler, avec une vigueur enthousiaste, d'une nouvelle de Marcel Aymé qui s'intitule *Le Percepteur d'épouses.* Le comptable l'écoute, sur la défensive.

*

À l'issue de la conciliation, M. Candouillaud m'a invité à déjeuner au Duc de Berry — à la mémoire de Raphaël Martinez, a-t-il précisé. En fait, il l'a oublié dès les amuse-bouches, et n'a parlé que de lui-même. Avec brio, culture et jovialité.

— À votre âge, j'étais inspecteur dans le VIᵉ arrondissement de Paris. Un régal : ils habitent tous là. Je mettais leurs déclarations sur le haut de la pile, et je révisais leurs œuvres pour me préparer à la rencontre. Je les ai tous contrôlés : les Académiciens, les Prix Goncourt, les dames du Femina... Et tous les jeunes talents que j'avais repérés. Même les non-imposables ; je les faisais entrer dans la cour des grands ! Et je ne me suis guère trompé : Alexis Kern, Sylvie Janin, Richard Glen...

J'acquiesce, de confiance. J'ai discrètement posé mon portable en mode vibreur sur ma cuisse droite, si jamais le nom de Corinne s'affichait à l'écran.

— Je vous montrerai leurs dédicaces, un jour. Vous qui

êtes bibliophile, vous serez fou de jalousie. Oh, dès le premier rendez-vous, j'y allais franco de port, je leur disais : j'adore les écrivains, je sais bien que vous n'avez ni les moyens ni le temps de vraiment frauder le fisc, alors je ne vais pas vous embêter avec des chiffres, sortez-moi juste vos relevés de compte, et puis parlons littérature ! Très vite, ils comprenaient que si je les contrôlais systématiquement, ce n'était pas contre eux, c'était pour éviter qu'un collègue moins avisé ne le fasse. Un béotien, un inculte. Alors nos échanges devenaient merveilleux. Ils me montraient leurs manuscrits, leurs ratures ; ils me faisaient partager leurs engouements, leurs doutes, leurs angoisses de la page blanche… C'était délicieux. Parfois même, je leur donnais une idée, je réveillais leur inspiration ; je devenais leur muse. Comme me disait Aragon : tous les sanglots qu'il faut pour un air de guitare…

Je le regardais, un peu décalé par le meursault blanc qu'il me servait généreusement, tout en s'excusant de ne boire que de l'eau. Il me faisait du bien, cet homme heureux qui s'écoutait parler, pieds sur terre, conscience tranquille et mémoire en ordre. Sous son débit régulier et ses modulations harmonieuses, j'en arrivais presque à oublier les fantômes qui se disputaient ma peau et Corinne qui me poussait hors de sa vie.

– Je n'ai qu'un seul regret : Marcel Aymé. L'un de nos plus grands romanciers, mais il ne dépendait pas de moi. Une collègue du XVIIIᵉ arrondissement m'a raconté un jour qu'à l'issue de son contrôle, où il n'avait pas dit un mot, le grand Marcel l'avait emmenée jouer aux boules sur la butte Montmartre, pour la consoler de n'avoir pas trouvé motif à redressement. Quel merveilleux métier nous faisons !

Mon écran clignote. Un texto. Je le prie de m'excuser, consulte la boîte de réception. Le numéro ne me dit rien, le message est vide. Je remets le portable en veille sur ma cuisse, en prétextant un souci de santé chez moi.

– Pas de problème. Mais je vais vous surprendre, mon cher Talbot : je crois que la rencontre qui m'a le plus marqué, finalement, c'est l'une des dernières, juste avant d'être nommé ici, à ce maudit poste administratif qui me coupe du contribuable. Isis de Cèze, vous connaissez ? Cette jeune actrice du X, licenciée en philo, qui a publié trois livres d'autofiction. Un peu décevante au plan physique : piercings, silicone et tatouages, on ne voit plus bien la femme. Mais dans ses pages, en revanche… Une telle dichotomie entre son image en libre-service et l'acuité de son regard, entre les outrances de son corps et la pureté de son style… Un miracle. Bien sûr, j'ai appris par la suite qu'elle avait un nègre. Et pour les gros plans les plus intimes de ses films, elle avait une doublure. Tout était faux, en somme. Mais j'y ai cru, c'est l'essentiel.

J'ignore pourquoi cette dernière phrase me parle autant, pourquoi elle glisse soudain une telle sérénité dans les tourments qui m'agitent depuis ce matin. Mon trésorier-payeur boit une longue rasade de Vittel, et desserre légèrement sa cravate avant de m'interroger sur un ton de gourmet :

— Et vous, Talbot ? Quelles surprises vous a réservées notre métier ? Quelle est votre plus grande rencontre ?

Je ne m'attendais pas à cette question. Immédiatement s'impose à mes yeux le beau visage de Lidiane Lange, cette jeune artiste que j'avais tant aimé contrôler dans son petit atelier d'Annecy, parmi les tableaux surréalistes où elle jetait sa révolte et sa rage contre l'URSSAF, qu'elle était obligée de payer avant même de vendre une œuvre — du coup elle n'avait plus assez d'argent pour s'acheter de quoi peindre. Mais qu'y avait-il à raconter ? Je n'avais fait qu'étaler sa dette, acquérir une de ses toiles chez un galeriste et rêver d'elle longtemps. Évoquer Lidiane ne ferait que réveiller des nostalgies troubles dont je n'ai vraiment pas besoin, en ce moment.

En dérobant mon regard à la curiosité candouillesque, je découvre un second texto sur mon portable. Je feins de ramasser ma serviette pour le lire. Correspondant inconnu, à nouveau, message vide. Le brusque soupçon qu'Isabeau tente, à présent, de communiquer avec moi par SMS me fige au ras de la nappe.

— Un problème ?

Je remonte à la surface en évacuant cette hypothèse ridicule. Le harcèlement téléphonique est une constante, dans notre métier, mais ça ne dure jamais longtemps. Quand les contribuables qui s'estiment injustement redressés nous réveillent la nuit par des appels anonymes, il suffit de couper la sonnerie et ils se lassent.

— Alors, cette rencontre qui vous a marqué ? relance M. Candouillaud avec une courtoisie qui s'impatiente.

Je lui rends son regard, en renfermant Lidiane Lange dans mes regrets à tiroirs. Le souvenir qui monte à mes lèvres est beaucoup moins charmeur, mais peut-être encore plus toxique : c'est celui de Benoît Jonkers. Ce gros Belge truculent, devenu dans les années quatre-vingt le roi de la truffe en haute Provence, c'est l'écharde plantée dans ma mémoire, c'est mon remords vivant. Le premier contrôle important de ma carrière, à la brigade de Draguignan – ce qu'on appelle chez nous le « client zéro ».

— Benoît Jonkers, oui, parfaitement, se réjouit mon supérieur. J'ai déjeuné chez lui en vacances avec ma femme et ma belle-mère, l'été 85 ou 86… La Trufferie, ça s'appelait, n'est-ce pas ? Sublime. Ah ! ce feuilleté aux truffes, j'en ai encore la texture dans le palais. Ça existe toujours ?

— Plus depuis mon contrôle.

Un silence, le temps qu'on nous serve, entouré de bulots, le maigre poisson triste baptisé « assiette du pêcheur ».

— Racontez-moi, m'encourage Candouillaud, comme on demande un assaisonnement pour tromper la fadeur.

Je raconte. J'étais un pur et dur, à l'époque, un redresseur aveugle, un justicier. Derrière la faconde hilare de ce personnage à mi-chemin entre Raymond Devos et

Fernandel, j'entrevoyais des abîmes de rouerie, de dissimulation, d'arnaque. D'abord, vingt-cinq pour cent de sa clientèle payait en espèces, contre sept pour cent en moyenne pour les restaurants de ce genre. Et tous ses achats de truffes s'effectuaient en liquide, sans reçu ni facture – simplement un bout de papier avec le prénom du vendeur, la quantité fournie et le prix au kilo. Rapidement, j'avais cru démonter la combine :

– Qu'est-ce qui me prouve que ces gens existent, et que vous ne mettez pas l'argent dans votre poche ?

– J'utilise trois tonnes de truffes par an, et je ne sers pas des poireaux-vinaigrette. Qué couillon, allez !

Toutes mes questions se soldaient par un éclat de rire et une bourrade, ce qui ne faisait que décupler ma parano :

– Sur le dernier exercice, vous prétendez avoir effectué vos achats auprès d'un truffier nommé Albert. Moi je vous réponds qu'au regard du fisc, Albert n'existe pas et il n'y a pas de truffes.

– Et je les nourris comment, mes clients ?

– Ils n'existent pas non plus. Du moins le quart d'entre eux, puisqu'ils sont censés payer avec des espèces, que vous pouvez très bien avoir retirées de votre compte, soi-disant pour acheter des truffes, avant de les y reverser en tant que recettes.

– Enfin, c'est absurde !

– C'est une hypothèse recevable, en l'état de votre comptabilité. Et c'est à vous d'apporter la preuve du contraire.

— Mais le but de ma vie, ça serait quoi, alors ? Le circuit fermé ? Payer des impôts sur ce que je ne gagne pas ? Me rouler moi-même en travaillant pour rien ? On ne sait pas être aussi fada que ça, dites !

— Je ne vous demande pas des mobiles psychologiques, mais des preuves.

— Vous êtes libre, jeudi matin ? Allez, je vous emmène au marché aux truffes, à Aups. Comme ça vous ferez une petite excursion dans la réalité.

Je ménage un temps de suspense, pour terminer mon poisson avant qu'il ne soit complètement froid. Le trésorier-payeur boit mes paroles, la face réjouie. Insensiblement, au fil du dialogue que j'ai restitué, je me suis mis à imiter les accents combinés du Bruxellois de Provence. La sympathie rétroactive que j'éprouve pour cet homme dont j'ai causé la ruine, je suis assez content de la partager pour la première fois. Ce n'est pas de la rédemption ; c'est une sorte d'abattement que je m'octroie. Bien sûr, j'avais toutes les raisons d'agir comme je l'ai fait, et les conséquences cruelles n'enlèvent rien au sentiment du devoir accompli. Mais ça m'allège de réhabiliter l'irresponsable que j'ai persécuté dix ans plus tôt — même si lui rendre justice, aujourd'hui, se réduit à le donner en spectacle.

M. Candouillaud bat des mains comme un enfant à chaque réplique de Benoît Jonkers, et se referme avec une indulgence corporatiste lorsque je rapporte mes propos. Ce n'est pas désagréable de sentir que cet homme dont j'envie l'équilibre a été jeune, lui aussi, et qu'il a sans doute fait pire que moi.

– Alors, le marché d'Aups ?

Je me remets en scène, ridiculisant à plaisir ma conduite. Me croyant incognito dans une parka de chasseur, alors que tous les truffiers du marché m'avaient immédiatement repéré, j'avais regardé Benoît Jonkers acheter sous le manteau à un moustachu taciturne plusieurs kilos de *tuber melanosporum*.

– C'est lui, Albert ?

– Oui.

– Et vous êtes sûr qu'il est bien celui qu'il prétend être ?

– Non. Mais je le connais de vue, et on se fait confiance.

– Demandez-lui ses papiers.

– Faites-le vous-même, *pitchoun*. Si vous savez trouver sur le marché une seule carte d'identité ou un carnet de chèques, je vous fais table ouverte.

– Alors comment justifier la traçabilité de vos truffes ?

– Suivez les truffiers : ils seront ravis de vous montrer leurs endroits secrets. Déjà qu'ils me traitent de jobastre, à leur promener sous le nez le couillon des impôts... Non, le mieux, allez, c'est que vous cerniez la place du marché avec trois compagnies de CRS : vous arrêtez tout le monde, garde à vue, saisie du stock et barbelés autour des forêts. Voilà. Pour lutter contre la vente en liquide, y a pas le choix : faut supprimer le produit.

141

Horripilé jusqu'à la moelle par la logique de ce mariole, je l'avais redressé avec amende maximale et plainte au pénal : les banques l'avaient lâché, son restaurant avait fait faillite, et j'avais appris par *Var-Matin* sa tentative de suicide.

M. Candouillaud ne rit plus. Il pousse un long soupir, écarte les bras d'un air fataliste et demande l'addition.

– Il ne faut pas non plus exagérer notre pouvoir de nuisance, Talbot. Nous ne sommes que les serviteurs de la loi, les garants d'un système qui est ce qu'il est, mais chacun fait ce qu'il peut. La seule question que nous devons nous poser, c'est sur quoi se fonde notre suspicion légitime. Je me trompe, ou vous n'étiez pas véritablement amateur de truffes ?

– Je ne vois pas l'intérêt de payer si cher un champignon.

– C'est pourquoi j'aurais voulu ne contrôler que des écrivains. On dit que la passion aveugle ; moi elle m'a toujours rendu impartial.

Il tape son code, empoche la facturette, et abandonne ostensiblement l'addition dans la soucoupe. Pas le genre à déduire un déjeuner privé.

– Ça vous va bien, finalement, réfléchit-il en me dévisageant d'un air songeur, sur le trottoir.

– Quoi donc, monsieur ?

– Le costume froissé et l'absence de rasage. Au début, ça surprend, quand on connaît votre rigueur et vos bonnes manières. Et puis c'est étrange, cette barbe foncée avec vos cheveux blonds : ça vous donne un côté double, à la fois romantique et guerrier… Vous ressemblez à une gravure du Moyen Âge.

Il s'est baissé pour ramasser la clé que j'avais laissée tomber, s'est étonné de ma pâleur, et s'est demandé en montant dans ma Clio si le poisson était vraiment très frais.

Au premier feu rouge, avenue de la Gare, il s'est remis à m'observer en plissant les paupières.

— Vous êtes un excellent contrôleur, ce n'est pas la question. Mais pourquoi ai-je la conviction que vous devriez changer de métier, que vous êtes fait pour écrire ?

Je réponds que la tendance est au dégraissage dans la fonction publique, je le sais bien, mais je n'entretiens pas d'illusions suffisantes sur un talent éventuel pour lui présenter de sitôt ma démission. Il ne sourit pas. Il me scrute au fond de l'œil.

— Ce n'est pas une question de talent, mais de matière. Et la matière, je sens que vous l'avez, subitement ; je l'ai sentie palpiter en vous pour la première fois, durant ce déjeuner. Faites confiance à mon expérience. Il vous est arrivé quelque chose, Talbot. Et ça demande à sortir.

Je redémarre en faisant grincer le changement de vitesse. Il se ressaisit, me demande pardon de se mêler ainsi de ma vie personnelle, et sollicite mon avis sur la circulaire BF 413 que vient de nous envoyer le ministère des Finances.

12

De retour au bureau, j'ai demandé à un collègue de me prêter son rasoir à piles. Sous le bourdonnement aigu, mes pensées faisaient de la surtension. Et l'allure médiévale que m'avait trouvée Candouillaud n'était pas seule en cause.

De plus en plus, je me sentais devenir double. Je me divisais de l'intérieur ; j'étais porteur d'une existence qui découlait de la mienne tout en manifestant d'heure en heure son autonomie, son ascendant, ses exigences. Fallait-il avorter cette part de moi, avant qu'il ne soit trop tard, ou la mener à terme ?

Tout le temps que j'avais parlé de Benoît Jonkers, la présence d'Isabeau s'était glissée en surimpression. Quel rapport entre eux, sinon l'amer constat de laisser derrière soi un champ de ruines, qu'il est toujours possible de justifier, mais à quoi bon ? Les conséquences qu'on fuit deviennent les causes de dommages ultérieurs – c'était le sens de la dernière phrase que m'avait lancée la postière, ce matin : *Dites-vous bien que si, dans votre vie de*

Jean-Luc Talbot, vous passez votre temps à vous faire trahir ou larguer, y a peut-être une raison.

Je n'y pouvais rien : le fait d'avoir réactivé ma culpabilité envers le restaurateur du haut Var avait réveillé, en écho, la mauvaise conscience que j'avais éprouvée d'emblée à l'égard d'Isabeau, et les remords de ce Guillaume d'Arboud se déployaient en moi comme un cancer sournois. Le « mi-temps thérapeutique » auquel m'incitait Marie-Pierre était-il un vrai remède à la schizophrénie ? Laisser une amoureuse fantôme prendre le contrôle de mes nuits suffirait-il à me rendre à moi-même pendant les heures ouvrables ? Rien n'était moins sûr, depuis l'incident du parking.

Au retour du restaurant, devant l'hôtel des impôts, tandis que j'attendais que la barrière se lève, un mendiant ivre mort était venu se pencher à ma vitre ouverte, et m'avait donné dix centimes.

— Longue vie, messire.

Et il était reparti en titubant. Abasourdi, je contemplais la pièce dans ma paume.

— C'est le pompon, ça, avait commenté gaiement le trésorier-payeur. Voilà que vous suscitez l'impôt spontané chez les gueux ! La taille et la gabelle... Quand je vous disais qu'un preux chevalier sommeillait en <u>vous</u> ! C'est drôle, je n'ai bu que de l'eau, mais j'ai l'impression moi aussi de vivre à une autre époque, en vous regardant... D'être, comment dit-on déjà ? le suzerain qui vous a

146

adoubé. Voilà. En tout cas, merci : ce déjeuner m'a changé les idées.

Le simple fait d'imaginer en moi l'empreinte d'un Guillaume suffisait-il à créer un signe extérieur de noblesse ? Un champ d'influence, le pôle magnétique d'une vie antérieure qui attirait celles des autres ? C'était aussi débile que d'additionner des hasards gratuits, ou d'accuser le trésorier-payeur général adjoint de Châteauroux d'être, au même titre qu'un mendiant déposé sur ma route, complice de la postière qui essayait de me réexpédier au XVe siècle.

J'observe mes joues lisses dans la petite glace du portemanteau. Je vais rendre son rasoir à mon collègue Berg, puis je reprends mon portable. Je sélectionne « Boîte de réception » dans le menu « Messagerie », j'affiche l'écran vide du dernier texto que j'ai reçu, j'extrais le numéro émetteur, et je presse la touche « Appel ». Trois tonalités, puis une rumeur enfantine, des cris, des bruits, des klaxons.

— Oui ? fait une voix impatientée.

— Bonjour, je suis Jean-Luc Talbot, du Centre des impôts de...

— Ah oui, comment va ? Je vous entends mal, c'est le bordel, ici.

— Pardon, mais qui êtes-vous ?

— Moi ? Ben... Louis de Grénant. Que puis-je pour vous ?

Un temps de friture et de rires de gamines. Je reprends :

– J'ai reçu vos messages.

– Mes messages ? s'étonne le jeune homme.

– Enfin, vos absences de message. Que vouliez-vous me dire ?

– Rien. Je ne vous ai pas appelé.

– Comment ça ? C'est votre texto qui m'a fourni le numéro que je viens de faire !

– Mais je ne connais pas le vôtre ! Comment j'aurais pu vous envoyer un texto ?

Au son de sa voix, le baron au pair a l'air aussi troublé que moi. Il me dit de ne pas quitter, engueule les nièces de son amant, qu'il vient sans doute de reconduire à l'école après le déjeuner.

– Vous êtes toujours là, monsieur Talbot ? C'est incroyable, ce qui nous arrive. En fait, si, je voulais vous dire une chose, mais ça me gênait d'appeler aux impôts… Écoutez, depuis ce matin, rien n'est plus comme avant. Il y a des forces très puissantes qui se rebellent au château, qui ne veulent pas de la délivrance d'Isabeau, mais je vais vous aider.

– Non, merci, ça va.

– Je sentais que c'était à moi de le faire, et vous venez de me le confirmer.

– Je ne vous confirme rien du tout ! Laissez-moi tranquille avec cette histoire d'Isabeau, ce n'est pas mon problème !

– Si mon téléphone vous a appelé tout seul, le message est clair. Bon, que Guillaume ne s'inquiète pas : je prends les choses en main. Faut que je vous quitte, y a les deux monstres qui sont en train de cogner sur un gamin. À plus.

Je repose le portable, hors de moi. J'en ai vraiment marre qu'on me prenne pour un con. C'est Marie-Pierre qui lui a filé mon numéro, à tous les coups. J'ai beau être sur liste rouge, il suffit d'une recherche de la Poste à France Télécom pour interroger le fichier clientèle Orange, et voilà.

Dans un mouvement nerveux, je rallume mon ordinateur pour terminer ma notification de redressement à Green War. Mais, au moment d'ouvrir le dossier, je me ravise et clique sur Google. Avec un sentiment de quitte ou double, de roulette russe, je tape le nom du chevalier à qui ces gens m'assimilent. On verra bien.

Après quelques instants, le moteur de recherche m'aiguille sur le site d'une famille d'Arboud, sorte de forum dynastique invitant d'éventuelles branches inconnues, liées par la devise maison *Défendre et servir*, à venir compléter les trous dans l'arbre généalogique. Je déplace mon curseur vers la souche, remonte un peu, tombe sur un Guillaume d'Arboud dont les dates (1402-1450 ?) coïncident avec celles d'Isabeau. Ça ne prouve rien, mais un frisson désagréable parcourt ma colonne vertébrale – désagréable, parce que c'est un frisson de contentement.

Je fais défiler la littérature ampoulée qui retrace les hauts faits d'un sénéchal obscur et d'une bonne sœur de la guerre de 14, seules vedettes apparentes de la famille. Puis, après un long moment d'hésitation, j'envoie un mail demandant des détails sur le chevalier Guillaume, troisième du nom, pour de prétendues recherches sur l'histoire de la fiscalité sous Charles VII.

La réponse m'arrive trois minutes plus tard :

Pour toute question sur la famille, écrire à mon mari Anthony d'Arboud, 4134 F, Maison d'arrêt de Mulhouse.

Je déglutis, retourne dans les dernières branches de l'arbre. Anthony d'Arboud, comme Louis de Grénant, semble être l'ultime rejeton d'une famille qui s'éteint.

Un mauvais goût dans la bouche, je quitte Google pour Janus, le serveur interne qui nous permet d'effectuer nos recherches médiatiques sur les contribuables en vue. Parcourant les articles parus sur le descendant de Guillaume au moment de son arrestation, je découvre avec soulagement un Latino gélifié à fine moustache, qui n'a physiquement rien de commun avec moi. Petit-fils d'un collabo fusillé à la Libération, fils d'un responsable caritatif poursuivi pour détournement de fonds, et lui-même condamné à cinq ans pour proxénétisme aggravé. Je retiens un sourire. Ils ont réactualisé leur devise : *Se défendre et se servir.* Si réincarnation il y a, c'est encore une chance qu'on ne soit pas obligé de renaître dans la même famille.

Je quitte Janus, et retourne dans mes dossiers. En quelques minutes, j'ai bouclé ma notification de redressement, heureux de constater qu'aucun parasitage, aucune « saisie automatique » ne sont venus perturber l'ordinateur. Mais, dès la sauvegarde du document, je sens une fatigue immense me tomber sur la nuque.

Deux coups à la porte me réveillent en sursaut.

– Une personne demande à vous voir, me dit le secrétaire de la brigade en passant la tête. Une Mlle Fuchs. Elle n'a pas rendez-vous.

Je jette un œil à la pendule. Deux heures ! J'ai dormi deux heures ! Je lui dis de faire attendre, il ressort, je me relève. Les jambes flageolantes, le vide au ventre, je vais ouvrir la fenêtre pour aérer mes neurones, complètement déconnectés par des visions de cuisses offertes et de poitrine houleuse sous mes coups de boutoir. Mais ça suffit, ce harcèlement ! Elle ne va pas m'endormir sur commande chaque fois qu'elle a envie de se faire sauter, non ? On a dit la nuit, pas le milieu d'après-midi !

Je me rends compte que je parle tout haut, juste au-dessus de l'espace fumeur en lisière du parking. Je referme la fenêtre, paniqué, essuie la sueur glacée dans mon cou. Aux images érotiques succèdent à présent des visions de batailles, chevaux percés de flèches et têtes roulant au pied des armures. L'épée que je tiens s'enfonce dans les chairs, le sang jaillit, devient peinture qui s'étale sous le pinceau d'Isabeau – plus mon rêve se reconstitue, moins je comprends sa portée symbolique. Refoulant ce mélange dérangeant de violence et d'harmonie, je sors pour éconduire l'importune.

Dans le couloir à sièges vissés qui sert de salle d'attente, je tombe sur la factrice, qui aussitôt bondit sur ses Nike, et m'engouffre dans mon bureau.

– On a un problème, attaque-t-elle en refermant derrière moi. Elle vient de me réveiller pendant ma sieste, complètement excitée, elle m'a dit : « Je veux qu'il me fasse l'amourr pour de vrrai. »

Oppressé par sa présence sur mon lieu de travail, je rouvre ma porte avec autorité.

– Écoutez, je suis débordé, nous en parlerons à une autre occasion, si vous le voulez bien.

– Vous ne comprenez pas, dit-elle en s'asseyant dans le fauteuil visiteur. Son champ de conscience s'ouvre d'heure en heure, à mesure que vous pensez à elle. C'est une vraie gamine, mais c'est aussi une vraie femme…

J'ai préféré refermer ma porte. Elle attrape mon avant-bras avec une moue de compassion.

– N'oubliez pas qu'elle a passé six siècles entre des murs, à vous attendre. Et là, ce qui lui manque, c'est la chair. Faut se mettre à sa place. Le virtuel dans l'astral, ça ne lui suffit plus. Elle commence à percevoir qu'il y a d'autres présences féminines dans votre vie, mais elle ne veut pas avoir affaire à elles. Alors voilà ce qu'elle propose : elle souhaiterait s'incorporer dans une personne à qui vous faites l'amour. Mais ça ne peut pas être une femme pour qui vous avez des sentiments. Il faut que ce soit une inconnue.

Je serre les dents en dévisageant la grosse postière aux cheveux plats. J'ose espérer qu'elle n'est pas en train de m'offrir ses services. Elle doit lire les sous-titres dans mon regard ; elle se détourne en rougissant, fixe le bout de ses chaussures violettes.

— C'est à vous de gérer, dit-elle. Je suis simplement venue vous demander une chose : reprenez votre copine. Dites-lui d'arrêter de me réveiller pour me raconter vos coucheries. J'ai pas d'homme dans ma vie, moi, je me fais une raison d'habitude, mais là ça devient carrément lourd.

Elle se lève, tire sur son blouson et me toise avec rancœur :

— Mon rôle est terminé, maintenant vous savez communiquer directement avec elle, alors faites-le et laissez-moi tranquille. OK ? Je compte sur vous.

Elle sort aussi vite qu'elle est entrée. Dix secondes plus tard, elle repasse une tête, radoucie :

— Je dis ça dans votre intérêt, Jean-Luc. Vous devez lui donner ce qu'elle réclame, sinon son âme ne se détachera jamais de la matière. Mais il faut que vous l'emmeniez au-delà du sexe.

— Et je fais comment ?

— Je ne sais pas. Essayez la peinture.

Je sursaute.

— Pourquoi vous me parlez de peinture ?

— Guillaume était un portraitiste assez doué, elle m'a dit : ils peignaient à quatre mains... Ça vous rappelle quelque chose ? Si, si, je le vois bien à votre visage. Continuez : vous êtes sur le bon chemin.

Je crispe les doigts sur le rebord de ma table.

— Le bon chemin vers *quoi* ?

— Allez, je suis en double file.

La porte claque, décrochant la Charte du contribuable dans son cadre en altuglas.

Je vérifie l'heure, m'efforce de faire le vide. Mais dès que je ferme les yeux, les images du cauchemar de tout à l'heure se réinstallent, avec une précision accrue. Je prends un presse-papier, vais renfoncer le clou pour raccrocher la Charte.

Quand je reviens à ma table, un bip me signale l'arrivée d'un mail. Je l'ouvre, dans l'espoir de me changer les idées, de revenir à du concret fiscal. Mais je tombe sur la bio de Guillaume d'Arboud, transmise par l'épouse du matricule 4134 F. Ça tient sur une ligne. Peintre à la cour de Charles VII, compagnon d'armes de Jeanne d'Arc, disparu au combat ou reclus dans un monastère après une vie de libertin — on ignore la date exacte et les conditions de sa mort. Je réponds merci, et j'efface le mail.

Revenons à moi, à mon foyer, à mon avenir. Corinne et Julien, c'est tout ce qui importe ; c'est réel, c'est vivant et c'est en danger. Il me reste quarante-cinq minutes pour réviser ce que je dois dire à la femme que j'aime. Je choisis de les passer aux Galeries Lafayette, où je m'achète un costume, une chemise et des chaussures.

En abandonnant dans un conteneur à déchets mes vêtements de la veille, j'ai le sentiment d'effacer les événements dont ils furent témoins, de tirer un trait définitif sur tout soupçon d'existence antérieure.

Au moment où je referme le couvercle, une fiente de pigeon constelle le revers de ma nouvelle veste. Je m'abstiens d'y voir un signe, et j'essaie de ne pas entendre l'éclat de rire enfantin de la maîtresse fictive qu'on a greffée dans ma tête.

13

Elle s'est habillée tout fermé, du col aux poignets. Même son pantalon est boutonné aux chevilles. Je crois que c'est notre premier rendez-vous sans décolleté – un sentiment de dernière fois qui me ronge le cœur.

Pourtant, derrière l'appréhension qui noue ses gestes, Corinne est la même. Avec toutes ces contradictions qui me ressemblent, m'attirent et me perturbent depuis le premier jour. Le désespoir inné, la légèreté acquise, l'instinct du danger accru à chaque blessure et, malgré tout, le besoin maladif de faire confiance. La dignité pas dupe, le respect de l'autre et le rejet de soi. La haine-propre.

Elle relève les yeux, menton au creux de la paume, coude sur le genou. Je viens de lui raconter ce qui m'est arrivé depuis vingt-quatre heures ; tour à tour son visage est passé de la tension au soulagement, de l'incrédulité à la consternation, de l'hilarité à l'inquiétude. Elle me rend les deux lettres signées « Isabeau » et reprend son cocktail, boit une gorgée. J'attends, les fesses serrées.

— Intéressant, dit-elle.

Elle repose son verre, lentement, sur la caisse de munitions qui fait office de table basse entre nos fauteuils club. Le Long Way est tenu par un ancien GI, revenu à la vie civile sur les lieux de sa jeunesse, et qui s'évertue, par une déco à base d'obus de mortiers, calandres de Jeep, fanions aux murs et jazz en juke-box, à ressusciter l'époque où Châteauroux vivait dans l'ambiance électrique de sa base américaine. Déserté par les jeunes qui s'en foutent et les vieux qui préfèrent oublier, c'est le bar le plus tranquille de la ville. Notre endroit préféré, d'habitude.

Corinne attrape un stick au fromage, et le mordille en regardant les couples autour de nous. Les flirts en partance, les liaisons de routine et les passions finissantes. Les mains qui se cherchent, les évidences qu'on fuit et les silences qui se mentent... Comme moi, elle se demande dans quelle catégorie nous sommes, aujourd'hui. Je ne connais rien de plus angoissant que ces moments où l'on ne sait pas si tout va repartir comme avant, ou s'arrêter pour de bon. Il suffit de si peu.

Elle revient dans mon regard, tortille une mèche de ses courts cheveux blonds qu'elle a dû laver avant de me rejoindre.

— Et c'est cette demoiselle du XVe siècle qui brouille les transmissions téléphoniques ? s'enquiert-elle d'un ton neutre.

Je prends ma respiration, ouvre une pistache que j'aligne avec les autres, en position de combat autour de mon Manhattan.

— Non, je pense qu'il y a tout un concours de circonstances... L'orage, mon toit ouvrant, le tilleul... Peut-être que ça n'est qu'une accumulation de hasards, ou alors il y a quelque chose dans une autre dimension, admettons, qui s'est mis en œuvre dans un but précis...

— Te rendre accro à une revenante.

— Je ne sais plus ce que je dois croire, Corinne, je ne sais plus où j'en suis.

Elle retire une boucle d'oreille, et la pince autour de son index en filtrant un soupir.

— Et tu ne penses pas que tes contribuables t'ont simplement monté un bateau, pour se foutre de ta gueule ou te fragiliser ?

— Ç'a été ma première réaction, bien sûr. Mais j'ai vérifié aux Archives : la date et le nom que j'ai captés correspondent. Ces gens ont tous l'air azimutés, je suis le premier à le reconnaître, mais, comment dire... Il y a une logique dans leurs croyances. Une intelligence qui n'a rien de religieux : une méthode, une application matérielle, un sens pratique...

— Ce que tu me donnes là, c'est la définition d'une secte, non ?

— Non. Ils sont tout, sauf séducteurs. Ils ne recrutent pas : ils transmettent. Avec une brutalité qui a tout pour déplaire. On dirait qu'ils font ça malgré eux et qu'ensuite, ils regrettent. Mais surtout, l'émotion que je ressens en provenance de cette Isabeau est complètement... sincère. Je me sens impliqué dans cette histoire, Corinne, comme si réellement une part de moi l'avait vécue. Imagine qu'un type m'aborde au coin de la rue en me disant : « Bonjour, je suis ton père », avec preuves à l'appui ; je serais dans le même état.

Elle finit son Américano, attrape la rondelle d'orange, la plie entre ses lèvres et se met à la sucer, en m'observant par en dessous. J'ajoute, en ayant parfaitement conscience de mon ridicule, que tout cela ne menace en rien la vie de notre couple.

— Non, c'est pratique.

Je fronce les sourcils, étonné par cet adjectif. Elle développe :

— Pas de parfum sur ta veste, pas de cheveux qui traînent… Une liaison dans l'au-delà, c'est pratique. Le message que tu veux faire passer, Jean-Luc, c'est quoi ?

— Mais y a pas de message ! Je n'ai pas provoqué cette histoire !

— Non, mais tu l'accueilles. Tu viens de me raconter une nuit de baise effrénée dans tes rêves, une petite âme tout feu tout flamme qui se libère de ses chaînes grâce à toi en s'envoyant en l'air – pardon, mais ça se décrypte.

Elle abandonne sa boucle d'oreille dans le cendrier, parmi les coques de pistache. Je vais protester, elle enchaîne :

— Je sais bien que je ne suis pas très câline, en ce moment, mais ce n'est pas entièrement de ma faute. Il n'y a pas que les soucis dans le boulot et les bagarres pour Julien qui me prennent la tête. Il y a ce que tu me renvoies, aussi.

– C'est-à-dire ?

– Je sais bien que tu t'ennuies avec moi, Jean-Luc. Je sais bien que je suis trop concrète, que je ne te fais plus rêver... Mais je t'aime.

Ses larmes envahissent mes yeux. Je lui prends la main, elle la retire.

– C'est normal que tu compenses. Avec une fille réelle ou non, c'est pas le problème. C'est pas d'être trompée qui me fait mal, c'est d'être ce que je suis.

– Qu'est-ce que tu racontes ? Moi je t'aime comme tu es.

– Tu te contentes, c'est tout. Tu as un toit, un cœur, un cul, un demi-loyer et le fils d'un autre. Tu as posé tes bagages, alors tu restes. Mais j'en peux plus de te sentir déçu, résigné, machinal... J'aurais voulu t'offrir une autre vie, moi, être une autre femme pour toi... Et je déteste mes réactions.

Elle attrape son sac, le fouille en vain, le referme. Elle regarde le Kleenex que je lui tends, sans le prendre. Je le pose entre nous. On se dévisage sans un mot, le temps que la femme assise dans le fond, une ex-bimbo congelée en Chanel gris, modèle chasseuse de têtes, ait fini de rétamer dans son portable trois candidats qui, d'après elle, n'ont pas le profil d'un directeur des ressources humaines.

– De quelles réactions tu parles, Corinne ?

— Parfois, je voudrais que Julien soit majeur, qu'il se barre et qu'on ait une deuxième chance, toi et moi. Tout seuls. Bazarder la maison, rembourser les emprunts, changer de métier, partir au hasard… Et puis, la minute d'après, c'est toi que je ne peux plus voir, je t'en veux d'avoir pris tant de place, je t'en veux que Julien soit devenu plus proche de toi que de moi, je t'en veux d'avoir cassé notre petite cellule de protection – si tu me quittes, aujourd'hui, on devient quoi, lui et moi ?

Elle noie un sanglot dans son verre vide.

— Mais je ne te quitte pas, mon amour.

— Non, mais si tu restes avec une autre dans la tête, c'est pire.

Symboliquement, je prends les deux lettres d'Isabeau, et les déchire. Elle sursaute, frissonne, noue ses bras autour de sa poitrine, comme si mon geste l'avait blessée.

À la table du fond, la chasseuse de profils renvoie pour la troisième fois son jus de tomate, qu'elle trouve mal assaisonné. Dans le sac de Corinne retentit le son d'une bière qu'on décapsule, suivi d'un glou-glou de versement. Elle interrompt la sonnerie que Julien s'est programmée comme identifiant, hésite. La gorge nouée, elle me tend le portable. Je dis salut Julien, d'une voix aussi dégagée que possible. Anxieux, il demande si on rentre, parce qu'il nous a préparé des pâtes. Les yeux dans ceux de sa mère, je lui réponds que je ne sais pas à quelle heure nous serons là.

— T'inquiète, ça se réchauffe. Je peux aller faire un tour chez Chloé ?

Je lui passe sa mère, qui autorise. Puis elle éteint le téléphone, ramasse les lettres d'Isabeau.

— Pourquoi tu as fait ça ? reproche-t-elle en rassemblant les morceaux déchirés. Je ne te demande pas de renier ce qui t'a ému. Pour qui tu me prends ? C'est pas avec du moins qu'on fait du plus...

— D'accord. Alors allons jusqu'au bout.

Je me penche en avant, et lui explique le dernier message reçu par la postière : la suggestion d'Isabeau pour raviver mon souvenir, avant que son âme quitte la Terre. Permettre nos retrouvailles charnelles en dehors de l'astral et du rêve, en lui fournissant un corps d'accueil. En lui offrant l'asile érotique.

Corinne m'écoute en mordant ses lèvres. Peu à peu, une lueur coquine assèche son regard. Elle se lève soudain, et se dirige vers la beauté liftée qui attend le retour de son jus de tomate en lisant *Valeurs actuelles.*

— Pardon, mademoiselle, attaque-t-elle d'une voix tonique, mais je viens de la part de mon compagnon, là-bas. En fait, il a connu au Moyen Âge une femme qui s'appelle Isabeau, et qui voudrait refaire l'amour avec lui, à travers quelqu'un de neuf.

La chasseuse abaisse son magazine, un sourcil haussé.

— Je vous demande pardon ?

— Si ça ne vous ennuie pas, elle empruntera votre

corps, pendant que mon ami vous sautera. S'il y a une compensation financière, naturellement…

La conseillère en recrutement, bouche bée, regarde machinalement dans ma direction. Je laisse un billet de vingt euros sous mon verre, et m'approche avec un sourire niais.

— Bonsoir, madame. Je suis désolé qu'on vous ait dérangée, mais Isabeau me dit malheureusement que vous ne convenez pas. Trop raide et trop coincée. Ç'aurait été avec plaisir, mais ça ne serait pas un service à vous rendre.

— Quand elle jouit, confirme Corinne, c'est le genre à vous faire péter le Botox.

La femme se lève, le visage vitrifié, pour accueillir l'homme à costume rayé et mallette en cuir qui s'est arrêté devant nous. Elle se présente, il s'incline. On leur souhaite bonne continuation, et on se sauve, main dans la main, pouffant l'un contre l'autre comme deux gamins fugueurs.

Sur le trottoir, je l'écrase contre moi en lui dévorant la bouche. Ses ongles labourent mon crâne, mon cou, mes reins.

— Tu peux me dire ce qui m'a pris ? demande-t-elle entre deux baisers.

— C'est l'influence de l'astral.

— Taré, murmure-t-elle, avec toute l'affection et la reconnaissance que ces deux syllabes peuvent accueillir.

Je lève la tête vers le réverbère au-dessus de nous, lui lance :

— Isabeau, je te présente Corinne. Grâce à toi, j'ai compris à quel point je suis amoureux d'elle.

— Arrête, t'es malade ? fait-elle en collant un doigt sur mes lèvres, avec une angoisse joyeuse. Elle va nous cogner dans les murs toute la nuit !

— On mettra des boules Quies.

— Dis, t'aurais pas un psy, dans tes relations ?

— Si, mais je l'ai redressé.

— J'exige un certificat de normalité, monsieur Talbot.

— Sinon ?

— Viens !

On grimpe en voiture, on file à la maison. J'ai à peine le temps de constater que mes affaires ont regagné leurs placards ; elle m'entraîne dans l'escalier, me jette sur notre lit, et me viole malgré mon consentement.

Dans la torpeur de tendresse qui suit nos corps-à-corps, elle murmure au creux de mon épaule :

— Jean-Luc... On a dit que je ne serais pas jalouse, mais...

— Quoi ?

— Je peux me permettre une constatation ?

La voix de Julien nous informe depuis le rez-de-chaussée qu'il est de retour, et que les pâtes sont prêtes. Corinne lui répond qu'on arrive, puis revient dans mon regard. Je relance, faussement dégagé :

— Quelle constatation ?

– On n'a pas fait l'amour depuis trois semaines, et tu viens de jouir à sec.

Je laisse passer un temps, puis je prends ma respiration et, en appui sur un coude, je lui déclare le plus sobrement possible :

– Corinne... Je me demande si ce n'est pas un effet secondaire d'Isabeau.

Elle allonge le bras vers son paquet de cigarettes, et me répond sur le même ton :

– Normal. Quand on saute un fantôme, on a le sperme qui se dématérialise.

Elle se penche pour me coller un bisou sur la joue, et ajoute :

– C'est l'excuse la plus dingue qu'un mec ait jamais inventée. J'adore que tu te donnes du mal pour moi. Mais tu vires cette pétasse, ou alors tu dégages.

14

Cambré devant une tisane, un digestif à la main et le regard dans le vide, il se prépare à sa nuit de sommeil à dix heures du matin. C'est son rituel quotidien, au café La P'tite Fadette, en face des studios. Dès qu'il a quitté le micro, il vient se réfugier dans ce troquet bruyant où, dans le son des trois flippers, les fans se pressent pour lui extorquer une consultation hors antenne, un autographe, une ordonnance. Ravie de l'affluence, la patronne filtre les groupies en distribuant des tickets d'ordre comme à la Sécu, pour accéder au maître à penser des ondes berrichonnes.

Les fesses crispées, le regard cinglant, les lèvres en accent circonflexe et la maigreur moulée dans un ras-du-cou en laine qui gratte exprès, manière athée de porter le cilice, Serge Lacaze accueille les tragédies individuelles à sa table de café avec la délectation morose du sacrifié maso, qui remue le fer dans sa plaie tout en soignant son taux d'écoute.

Quand je lui ai demandé, lors de notre premier

contact, comment une personnalité de son envergure pouvait passer de *Lacaze de nuit* sur une radio nationale à *La Matinale de Serge* dans une station de province, il m'a répondu avec une dignité amère :

– J'avais une patiente anorexique : son père a déclaré dans les médias qu'elle était morte des suites de mon traitement.

– Et c'était faux ?

– C'était vrai, dans la mesure où j'avais réussi à ce qu'elle remange. Elle s'est étouffée avec une arête.

– Et vous ne vous êtes pas défendu ?

– Il dirige un important groupe de presse, et personne n'a envie de le contrarier. En trois semaines, j'ai perdu mon émission, ma clientèle et mes amis.

Comme France Bleu Berry est la seule antenne qui ait eu le courage de l'accueillir, le black-listé ne ménage pas sa peine. Après avoir éructé deux heures en direct contre les superstitions et la crédulité pathogène de ses auditeurs – provoquant par électrochoc des guérisons spontanées qui font sa gloire chez les désenvoûtés de la bande FM –, après avoir exigé des pouvoirs publics, comme tous les matins, que l'incitation à l'obscurantisme devienne un délit au même titre que l'injure discriminatoire, l'ancien psy des nuits parisiennes se cogne à présent un paysan hors d'âge qui, mégot vissé au coin des lèvres, lui confie que sa mère transpire du sang et, quand on l'éponge, ça fait des lettres.

J'ai pris ma place dans la file d'attente, conscient de

mon ridicule, et rassuré du même coup par cette démarche qui, alignant mon problème sur ceux des autres consommateurs, essaie d'en réduire la singularité.

Jamais je n'aurais cru en arriver là. Deux heures plus tôt, j'émergeais d'une nuit d'amour délicieuse, et voilà que je viens mendier une oreille impartiale et un regard critique, pour tenter d'exprimer la panique qui m'a saisi au réveil lorsque je me suis vu dans la glace. Pas question d'en parler à Corinne, qui a fait semblant de me croire hier soir pour réactiver notre connivence : j'ai tant besoin de la franchise harmonieuse qui s'est réinstallée entre nous qu'il m'est impossible, désormais, de lui dire la vérité.

— Regardez, docteur, fait le vieux en dépliant sous son nez un mouchoir constellé de taches rouges. Je vous l'ai décrit dans l'poste, mais en radio on s'rend moins compte.

— C'est bien, soupire Lacaze en touillant sa verveine.

— Ça doit être un patois qu'on connaît pas, diagnostique le patient en montrant les petites traces de sang informes qui s'impriment sur plusieurs lignes. Le fils, i'm'dit qu'elle est possédée, mais moi j'suis comme vous : j'y crois pas. Z'arrivez à déchiffrer ?

— Faut voir, laisse tomber le thérapeute que le sommeil gagne.

— Connaissez p't'ête un spécialiste à Paris qui saurait ? Comprenez, la mère, elle cause plus depuis deux ans, alors si y a des choses qu'elle veut nous dire sur l'héritage, ou sur la ouche du Bas-Nouant qu'on sait plus où on a mis les papiers du notaire, faut bien qu'on sache.

– Assumez votre œdipe et entourez-la d'un peu d'amour désintéressé, bâille Lacaze, habitué à soigner les phénomènes de possession par le développement personnel. Elle vous renseignera directement.

– On voit que vous la connaissez pas, c'te carne, se désole le paysan. J'peux pas vous le laisser, si jamais vous le perdez : je vous ferai une photocopie, conclut-il en repliant le mouchoir.

Le psy remercie et vide son verre de gnôle, manière de dire « au suivant ».

– Allez, la patronne, tu nous remets ça pour le docteur Serge, c'est ma tournée ! Pouvez m'faire un mot pour ma p'tite-fille Lélé ? Elle vous a découpé dans *Gala* quand elle était gamine, regardez : vous étiez avec Loana du *Loft* et le fiston à Johnny.

L'idole de Châteauroux s'exécute, avec sa moue de freudien en exil chez les ploucs, et le paysan repart, sa journée ensoleillée.

– Qu'est-ce qu'il est pas fier, s'extasie la dame devant moi. Et en plus, il s'y connaît : moi il a tout de suite compris, pour mon problème d'ovni.

J'acquiesce, tout en révisant mon entrée en matière et la façon dont je vais exposer ma situation. Le contrôle fiscal du psy étant clos, rien ne m'interdit déontologiquement de venir lui soumettre le cas d'un ami en détresse, trop timide pour se déplacer lui-même.

— Oui ? lance-t-il d'un ton résigné lorsque, la dame repartie, je prends place en face de lui.

Visiblement, bien qu'on se soit rencontrés deux fois autour de sa déclaration 2042 et croisés hier matin dans sa salle de bains, il ne me reconnaît pas. Pour ne pas risquer d'être identifié après coup, je décline d'emblée mon nom et ma fonction. Il se décoince, aussitôt. Dans son œil gorgé de fatigue passe une lueur d'intelligence en alerte, de revanche éventuelle. Je mets les choses au point : comme son comptable a dû l'en informer hier, mon investigation s'est soldée par un simple recalcul. Personnellement, je me félicite de la juste conclusion de ce dossier qui met fin à nos rapports professionnels, et, comme j'ai apprécié sa bonne foi et sa capacité d'écoute, je souhaiterais lui parler d'un ami qui se croit hanté par le souvenir d'une vie antérieure.

Serge Lacaze accentue sa cambrure, attentif, coudes sur la table. Il pose le menton sur ses doigts joints formant hamac, et, d'un sourire acéré, m'invite à poursuivre.

— De prétendus médiums lui ont mis dans la tête qu'il avait eu des relations sexuelles avec une jeune châtelaine du Moyen Âge, et depuis il a l'impression qu'elle s'adresse à lui par écriture automatique. Elle lui déclare son amour, elle lui dit qu'il l'a libérée de son enferme- ment...

— C'est lui qui reçoit directement ces « messages » ? m'interrompt-il en indiquant les guillemets par une mimique théâtrale.

– Oui.

– Je vois.

Dans la crispation de ses lèvres minces se peaufine le verdict, qui tombe au bout de cinq secondes :

– Hermaphrodisme épistolaire. C'est classique. Son *anima* écrit des lettres à son *animus*. Voilà. Ce que vous appelez « écriture automatique » n'est qu'une réaction musculaire inconsciente, qui permet de transgresser la censure du surmoi afin d'exprimer ses pulsions et ses blocages. Que votre ami assume sa part de féminité en portant de la lingerie fine, et tout rentrera dans l'ordre. Bonne journée.

J'avale ma salive et me penche en avant, baisse le ton :

– Ce n'est pas tout, monsieur Lacaze. Mon ami me dit qu'il n'arrête pas de faire l'amour dans ses rêves à… à sa part féminine, comme vous dites, seulement voilà, pardon d'entrer dans les détails, mais au moment de la conclusion…

– Il n'y a pas de sperme.

Je le regarde, interloqué par sa clairvoyance. Il n'est quand même pas médium, lui aussi ?

– Rassurez-le, ça ne prouve rien d'autre que le sentiment de culpabilité qu'il introduit dans ses compensations oniriques. Il est marié ?

– Il vit avec une femme.

– Freud et Lacan ont eu le cas. C'est comme lorsque vous copulez sans protection et que, par crainte d'engrosser votre partenaire, vous bloquez inconsciemment la production ou l'émission de semence. Ça s'appelle l'aspermie psychotique. Un quart de Lexomil au coucher. Maintenant excusez-moi, j'ai fini ma journée.

– Juste une dernière chose, monsieur. Pensez-vous qu'il soit possible que le corps imprime, comment dire... des traces physiques de ce qui s'est passé dans un rêve ?

Le psy radiophonique rejette la tête de côté, pour me scruter comme le font les perruches entre les barreaux de leur cage. D'un coup, je deviens intéressant. Le cas est peut-être susceptible de lui fournir un chapitre pour un prochain livre.

– Par exemple ?

– Par exemple vous rêvez que vous faites l'amour en pleine nature, et vous vous réveillez avec des marques d'orties.

– Où ça ?

Je retiens à temps le mouvement réflexe de mes mains vers mon dos. Il sourit en coin, boit une gorgée de tisane, se rince la bouche au marc du pays et laisse tomber :

– Sachez que tout, je dis bien *tout*, est psychosomatique. Dans les cas extrêmes, ça donne les stigmates. Ces chrétiens fervents qui veulent tellement revivre la Passion de leur Christ qu'elle finit par s'inscrire dans leur chair. Les plaies de la Crucifixion apparaissent, conformes à l'iconographie religieuse ; votre corps saigne à l'endroit où votre inconscient lui demande de saigner.

– Pardon, mais mon ami n'est pas croyant, et il est

heureux en ménage. Je veux dire : son inconscient n'a aucune raison de lui causer des piqûres d'orties.

— Si vous le dites...

— Est-ce qu'il est possible de provoquer ce genre de choses chez quelqu'un par... disons, par hypnose ?

Le bout de sa langue parcourt sa lèvre supérieure. Il rejette soudain le corps en arrière.

— Je réponds oui, tranche-t-il d'un ton catégorique. L'hypnose est le seul phénomène paranormal qui soit réel : je l'utilise en thérapie. Si je vous plonge en transe profonde, et que j'approche de votre bras un fer chauffé au rouge en vous disant que c'est un glaçon, vous frissonnerez et votre peau bleuira. Inversement, si je vous applique un glaçon en le qualifiant de fer rouge, votre peau rougira et formera une cloque : tous les signes extérieurs d'une brûlure.

— Et... ça peut se programmer avec déclenchement différé, comme une machine à laver ?

— Ça peut.

J'enchaîne, le cœur battant :

— Alors ça pourrait expliquer aussi que mon ami ait transcrit des informations qu'il ignorait, et qui se sont révélées exactes ?

Il glisse un ongle entre deux dents, pensif, gratte les cheveux rasés à la base de son cou, puis hoche la tête.

— Sous hypnose, votre cerveau peut effectivement enregistrer des données dormantes, qui ressortiront le moment venu, par association d'idées ou par un code mental programmé qu'activera un tiers.

— Et ça peut marcher pour le dessin, aussi ?

— Pardon ?

Je me fais violence pour continuer, la voix mouvante :

— Mon ami était en train d'écrire et, d'un coup, sa main s'est mise à dessiner toute seule ce qui est devenu… une scène d'amour.

— Ressemblante ?

— Il ne se rend pas compte. Mais, à l'état normal, bien qu'il s'intéresse beaucoup à la peinture, il… il est nul en dessin.

— Faites voir.

L'éclair goguenard dans ses prunelles devrait me dissuader, mais je suis allé trop loin pour revenir en arrière. J'ai bien noté qu'insensiblement, dans ses réponses, il s'est mis à dire « vous » au lieu d'« il », alors à quoi bon continuer de feindre ? Je jette un regard autour de moi. J'étais le dernier groupie de l'animateur ; le café s'est vidé, à l'exception d'un poivrot matinal et d'un chômeur qui coche les petites annonces au comptoir. Je sors de mon cartable la feuille que je déplie lentement.

Les genoux serrés, j'étudie ses réactions tandis qu'il prend connaissance du document. Je joue avec le feu, mais qu'est-ce que je risque ? La peur innée du fisc le dissuadera de violer le secret paramédical – de toute manière, mon histoire n'est qu'une goutte d'eau dans la marée de sorcellerie, esprits frappeurs, extraterrestres et

175

bétail envoûté qui compose l'ordinaire de ses matins. Il oubliera vite, et j'ai trop besoin d'un point de vue extérieur.

Mon Guillaume adoré, la messagère se trompe : je ne suis pas jalouse de cette Corinne. Avant que tu m'aies retrouvée, je te manquais moins grâce à elle. Je consens de bonne grâce qu'elle demeure avec toi, elle n'est guère rivale affligeante, elle t'échauffe mais ne t'enflamme point comme au brasier de nos étreintes. Vois ce que nous venons de faire en l'herbe de l'Étang-Gris, du temps que mon mari est à la chasse

De la boucle du *e* part une ligne incurvée, qui compose *d'un seul trait* l'image d'un couple nu enlacé dans les hautes herbes : la femme chevauche l'homme auquel la relient son sexe et ses cheveux, au gré des contours sans interruptions ni retouches. Je n'ai jamais appris à dessiner, et j'ai composé à six heures du matin, réveillé en sursaut par trois syllabes impérieuses (*Donne ta main !*), cette extraordinaire esquisse à la fin de la phrase qu'écrivait mon stylo.

Serge Lacaze relève la tête, me dévisage avec une perplexité prudente.

— Donc, les orties, c'étaient celles de ce dessin.

Je baisse les yeux, impressionné par l'agilité et le mordant de ses déductions.

— Comment avez-vous découvert ces marques ? Démangeaisons, piqûres ?

Je secoue la tête. Je me rasais dans la salle de bains, tout à l'heure, lorsque Julien a poussé un cri en entrant. Il m'a fait voir dans la glace que tout mon dos était couvert de zébrures et de cloques rouges. En réflexe, je lui ai demandé de ne rien dire à sa mère, prétextant une allergie à un nouvel assouplissant bio qu'elle m'avait déconseillé d'acheter.

— Quand vous avez pris conscience de ces marques, elles sont devenues urticantes ?

— Non.

— Et vous dites que vous êtes nul en dessin, reprend-il lentement en repoussant mon œuvre dans ma direction.

— Ça, je peux le prouver, dis-je avec un sourire de gêne.

— En tout cas l'homme vous ressemble, et la femme est très belle. Félicitations.

Il réclame son addition, pour me signifier que la consultation est terminée. D'une voix implorante que je me reproche aussitôt, je lui demande d'où vient ce talent que je n'ai pas. Il gonfle les joues, accablé par les heures supplémentaires qu'exige son sacerdoce.

— Les « prétendus médiums » dont vous parliez, ils auraient un intérêt quelconque à abuser de votre... ?

Il laisse un blanc, pour que je le remplisse. Naïveté, faiblesse, état de manque, dépression, besoin d'ailleurs, désir de croire en la survie des âmes...

— Posez-vous la question, enchaîne-t-il en devançant ma réponse. Et dites-vous bien qu'avec l'hypnose, tout est possible. Dans les années soixante-dix, déjà, le Pr Vladimir Raïko, de l'université de Moscou, travaillait sur la réincarnation artificielle.

L'expression me fait tressaillir.

— C'est-à-dire ?

— Il fabriquait des Michel-Ange à la chaîne, parmi ses étudiants en histoire de l'art. Il prenait les plus mauvais en dessin, les plongeait en transe profonde, les persuadait qu'ils étaient le grand peintre de la Renaissance, et il observait ensuite leurs progrès sur la toile. Tous, je dis bien *tous*, quand ils étaient sous hypnose, se mettaient à peindre des tableaux d'une inspiration, d'une facture et d'un talent proches de Michel-Ange. Mais ce qui est intéressant, c'est qu'une fois en état de conscience normal, ils devenaient bien meilleurs en dessin, dans leur propre style. Comme si, au fond de leur inconscient, l'empreinte continuait à *travailler*...

— C'est sérieux ?

— Tout cela a eu lieu sous l'égide du KGB, et pour des objectifs qui, vous vous en doutez, ne se cantonnaient pas vraiment aux arts graphiques.

Je boutonne machinalement le col de ma chemise.

— Mais à quel moment m'aurait-on hypnotisé ? Je ne vois vraiment pas.

— Oubliez l'image du charlatan de la télé qui endort le public avec des effets de manches. L'ordre subliminal qui déclenche l'état modifié de conscience peut être beaucoup plus subtil. Rien n'empêche de le glisser dans une musique sous forme d'ultrasons, de l'intercaler entre deux images, entre deux phrases… Vous pouvez vous retrouver sous hypnose en lisant un texte. Ou même…

Il marque une pause, le temps d'un petit rire sardonique à lèvres closes.

– Ou même en épluchant des livres de comptes. Méfiez-vous des gens que vous redressez, monsieur Talbot. Dans le Berry comme ailleurs, les techniques d'envoûtement se perfectionnent.

Je me récrie :

– Mais vous n'y croyez pas ! Vous passez votre temps à dire que les jeteurs de sorts n'existent pas !

– Les patates et les poupées trouées d'aiguilles, c'est de la foutaise, en effet, sauf si la cible se met à y croire, panique et somatise. Alors, les problèmes s'enchaînent. Je connais les symptômes : on me les raconte dix fois par jour à l'antenne. On commence par se sentir manipulé, persécuté, investi d'une mission ou de pouvoirs supranormaux, ensuite on s'amourache d'un fantôme, et voilà qu'on ne se reconnaît plus : on s'écrit des lettres d'amour, on se fait des petits dessins porno, on joue au somnambule, et puis un jour on flingue sa famille ou on se jette par la fenêtre. Et si on en réchappe, tout ce qu'on trouve à dire aux gendarmes, c'est : « Je ne m'appartenais plus. » Le pire dans l'hypnose, voyez-vous, c'est l'autohypnose.

Il se lève, rentre son ras-du-cou dans son jean collant, et me toise avec dans le regard toute la jubilation du monde :

— Alors, monsieur le contrôleur d'impôts, ça fait quoi, dites-moi, de se retrouver sous contrôle ?

Il ramasse le sac de sport Armani qui lui sert de cartable, et quitte le café sans se retourner.

*

J'ai commandé un kir et je suis resté immobile en face de la chaise vide, pour cuver la conclusion du psy. Ce n'était que ça, alors : j'avais contracté Isabeau comme une maladie psychosomatique, sciemment inoculée sous hypnose par des contribuables pervers. Ça expliquait, d'après lui, tous les mystères « techniques » auxquels j'étais confronté – mais que faisait-il des *émotions* ? De cette joie extraordinaire que je sens rayonner en moi, lorsque j'admets la présence d'Isabeau ; cette joie naturelle et si enthousiaste qui n'a rien à voir avec mon caractère, et qui s'est tellement bien accordée à mes retrouvailles charnelles avec Corinne...

Dès l'instant où je cesse de lutter contre la notion d'irrationnel, où j'accepte tout simplement, comme un enfant, de jouer avec ce que je ne comprends pas, alors il n'y a plus de problème. Mais quand j'accuse le mal d'être derrière tout cela, comme en ce moment, je lui donne prise. Je le *fabrique.* C'est la dernière mise en garde de Lacaze, et je la retiens.

Même si l'évident plaisir qu'il a pris à amplifier ma détresse rend son verdict sujet à caution, les résonances sont là. Les soupçons auxquels il m'a incité, je me les suis déjà formulés, avant de les écarter pour cause d'invraisemblance. Mais que devient la notion de vrai-semblance, dans l'état où je suis, le dos strié par les conséquences matérielles d'un rêve érotique ?

Je me revois très bien en train de regarder le dessin prendre forme sous mes yeux, à l'aube. Ce dessin qui me restituait au fil de ses méandres chaque détail, chaque sensation de la joute amoureuse en pleins champs qui, à l'échelle du temps de sommeil, me semblait avoir duré toute la nuit. Je n'étais pas du tout en « transe profonde », à ce moment-là. J'avais la simple impression d'être *pris par la main*, de laisser ma maîtresse invisible me raconter, de la pointe du stylo noir, le feu d'artifice sexuel qui avait eu lieu dans cet espace-temps clandestin, cette zone de libre-échange entre sa mémoire et mes rêves.

De messages en caresses oniriques, j'ai l'illusion de connaître de mieux en mieux les sentiments d'Isabeau, son corps, son plaisir, et jusqu'à son odeur de jasmin et d'orange. Est-ce son talent, désormais, qu'elle me com-munique par le même canal ?

À moins d'accepter l'hypothèse d'un Guillaume anté-rieur, d'entériner l'existence du musicien anonyme qui, dans l'orchestre de mes états d'âme, prend peu à peu la place d'un soliste… Dans ce cas de figure, est-ce à un gigolo du Moyen Âge que je dois l'inspiration et la tech-nique qui ont abouti à ce dessin admirable ?

Quand la folie des autres devient votre réalité, il n'y

a d'autre solution que de la refuser, se laisser emporter ou remonter à la source. Il faut que je retourne au château. J'en ai le besoin urgent, la raison profonde, et le prétexte.

15

Rien ne s'est passé comme je l'avais prévu. Sur le seuil des anciennes écuries, une secrétaire de Green War m'a déclaré, avant même que j'aie ouvert la bouche :

— Ils vous attendent chez eux.

Je suis remonté en voiture, j'ai repris l'allée en sens inverse, je me suis garé entre la chapelle et le château. Comment savaient-ils ? Je n'avais averti personne de ma venue ; je comptais sur l'effet de surprise.

Un silence total régnait sur le domaine. Pas le moindre souffle de vent dans les branches, pas un chant d'oiseau, pas un bruit de tracteur : aucun signe d'activité humaine ou autre. Les portes de la petite chapelle étaient ouvertes, je me suis approché. Une forte odeur de champignon et de plâtre humide m'a saisi à la gorge. Un dallage affaissé, huit bancs, un autel recouvert de dentelle, des saints en extase sur les vitraux, une voûte bleue décrépite semée d'étoiles entre les taches de salpêtre. Immobile sur le seuil, j'imaginais en surimpression les personnages costumés d'un mariage, la liesse et la tristesse mêlées d'une fête obligée… J'allais entrer quand un héron m'a survolé, en direction de l'étang qu'on apercevait derrière les dépendances.

Je me suis arraché à la bizarre attraction qu'exerçait la chapelle ; ce n'était pas le moment de céder aux sirènes du passé. Je m'étais raisonné, pendant le trajet. J'avais répété mes propos et défini ma ligne de conduite. Ne rien dire, ne pas donner prise, paraître non pas sceptique ou méfiant, mais parfaitement indifférent. Je venais leur remettre en mains propres une proposition de notification, avec le relevé de leurs erreurs et omissions, le calcul des sommes exigibles et le montant des pénalités applicables. S'ils acceptaient la proposition, c'est-à-dire s'ils ne signifiaient pas leur refus par recommandé dans un délai de trente jours, elle devenait effective. Mon rôle s'achevait, la procédure de contrôle était close, et je feignais d'avoir oublié Isabeau. On verrait bien leur réaction.

— Neuf cent trente euros ? articule Maurice Picard en abaissant le document.

Il tourne des yeux incrédules vers son associé qui n'en revient pas non plus. Je comprends leur émoi : ils s'attendaient à cent fois plus. Je les ai trouvés dans la bibliothèque, une longue pièce en mezzanine surplombant les douves, en train de manier le pendule au-dessus d'un alignement de granules homéopathiques.

Sourcils froncés, Jonathan Price entreprend d'éplucher le mémoire où j'ai détaillé mon barème de calcul, en fonction des relevés kilométriques et des fluctuations du prix du baril. En tout bien tout honneur, faute de mieux, je les redresse pour non-acquittement de la TIPP, la taxe intérieure sur les produits pétroliers, à laquelle ils se sont soustraits en faisant rouler leurs véhicules de société à l'huile de friture au lieu d'acheter leur carburant à la pompe.

– On vous donne le chèque tout de suite ? s'informe Jonathan, sur la défensive.

– Vous avez trente jours pour réfléchir.

Par acquit de conscience, Maurice Picard fait tourner son pendule au-dessus de la notification. Il confirme la bonne rotation d'un hochement de tête, cosigne le procès-verbal avec son associé, et m'invite d'un ton soucieux à monter à l'étage.

– Je ne crois pas que ce soit utile. Votre contrôle est terminé, nous n'avons plus rien à nous dire. Adieu, messieurs.

– Et Isabeau ? lance le chef d'entreprise, d'une petite voix pitoyable.

– Qui ?

Un silence atterré ponctue ma question. Je ne déteste pas reprendre la main, être celui qui désarçonne. Je précise ma position :

– Nous avions beaucoup trop arrosé la soirée de jeudi, et j'ai apprécié qu'au matin vous fassiez en sorte d'en effacer le souvenir. J'ai agi de même : tout est pour le mieux.

– Ah non, ça serait trop facile ! s'écrie soudain l'Anglais, au bord des larmes. Vous venez, vous redonnez espoir, vous foutez la merde, et vous disparaissez, comme en 1431 !

Pris de court par cette violence inattendue et par la réaction de fureur qu'elle me déclenche aussitôt, je contracte mes mâchoires pour ne pas répondre. Je ne vais quand même pas le provoquer en duel, pour défendre l'honneur du chevalier fuyard auquel il m'identifie.

– Louis est tombé malade, m'explique Maurice.

– À cause de vous ! me jette au visage son associé.

– À cause du retour de Guillaume, nuance l'autre en me rassurant d'une moue. Malgré les mises en garde de mes informateurs, Louis de Grénant a tenu à passer la nuit dans la chambre de ses ancêtres, les parents d'Isabeau, pour les convaincre d'accepter qu'elle s'en aille avec vous…

– Allez voir dans quel état ça l'a mis ! Salaud !

L'injure déjà entendue dans la bouche de la postière, le jour de notre rencontre, me donne le même sentiment que la dernière fois. Un cri de reconnaissance qui m'emplit d'une mortification quasi voluptueuse, mêlée à l'espoir de rétablir la vérité. Si Guillaume est un salaud, ce n'est pas pour les raisons qu'ils croient. Je n'en sais pas plus, mais je le sens si fort.

Je me ressaisis, essaie de faire écran, de me maintenir au présent, de refuser toute implication nouvelle avec ces gens, ce lieu, ce passé dont je n'ai pas à répondre. Peine perdue.

— Je lui avais dit qu'il ne fallait pas réveiller cette histoire ! gémit Jonathan en tapant sur la table. On ne joue pas avec ces forces, on ne provoque pas la malédiction !

L'élastique de sa queue-de-cheval cède, et ses longs cheveux roux se répandent sur ses épaules agitées de soubresauts. La tête au creux de ses bras croisés, il pleure sur la table en chêne.

— Venez, murmure Maurice Picard en m'entraînant par le bras. Louis vous réclame.

Je me laisse faire, même pas surpris par cette docilité soudaine, qui doit ressembler à un aveu de culpabilité.

— Ce n'est pas votre faute, ajoute-t-il comme s'il lisait dans mes pensées. Évidemment, tout a bougé depuis l'autre nuit, et la manière dont vous avez réagi, votre clairvoyance, votre incroyable efficacité ont accéléré le processus...

Les courbettes, à présent. L'un m'agresse, l'autre me flatte. Ça n'a pas d'importance. Je monte l'escalier, en retrouvant contre toute attente la sensation de paix, d'harmonie joyeuse éprouvée lors de ma découverte du lieu.

— Bien sûr, votre venue a réactivé des conflits, d'autant plus violents que vous avez décidé de les résoudre.

— Je n'ai rien décidé ! dis-je dans un sursaut de libre arbitre. Arrêtez de m'impliquer dans vos histoires.

— Vous vous y êtes impliqué vous-même, sinon vous ne seriez pas là.

Je retiens ma riposte en entendant un pas descendre à notre rencontre. C'est le Dr Sauvenargues, mon médecin traitant. Le voir ici me sidère ; lui non. Il me tend une main moite.

— Salut, vieux. Comment va Corinne ?

M'efforçant d'afficher une compassion détachée, je lui demande en guise de réponse de quoi souffre son patient.

— Un peu tout. Névralgie faciale, engagement hiatal, gastrite, angine blanche, hallucinations, lombalgie. On se fait un parcours, dimanche prochain ?

Je décline l'offre, prétextant des obligations familiales. Avec son physique de porcelet réjoui, Sauvenargues est un spécimen assez redoutable de bon Samaritain à langue de pute. En apprenant l'automne dernier, à la faveur d'une bronchite, que j'étais rotarien comme lui, il m'a aussitôt fait entrer au club de Châteauroux, et s'est mis en tête de m'apprendre les subtilités du golf pour me soutirer, entre deux trous, des renseignements fiscaux sur sa clientèle. Je m'efforce d'être aimable de loin en loin avec ce goret toxique, pour qu'il continue de recommander Corinne comme infirmière à ses patients.

— Je peux dire un mot en particulier à mon ami Talbot ?

Maurice s'éloigne à contrecœur dans l'un des couloirs, faisant mine de vérifier le niveau dans les bassines antifuites qui parsèment les tapis.

– J'ai beaucoup entendu parler de toi, chuchote le médecin golfeur en me triturant le coude, les yeux luisants. Enfin, je conclus que c'est de toi qu'il s'agit, maintenant que je te vois sur place. Jean-Luc par-ci, Jean-Luc par-là… Comme quoi tu serais en cheville avec un certain Guillaume, et du coup mon patient se sent, je cite, « obligé de te couvrir ».

Sa voix baisse d'un cran et son regard se rétrécit.

– Je ne veux pas me mêler de tes affaires, Talbot, mais tu sais quand même que ce Louis de Grénant est une fiotte notoire ? Un quasi-prostitué, qui se tape l'un des châtelains pour essayer de récupérer le bien de ses ancêtres en se faisant pacser. Je ne te demande pas la teneur de vos relations, moi je suis une tombe, tu me connais, mais les nouvelles vont vite, par ici, et les racontars encore plus. Sans vouloir interférer dans ta vie privée, en tant que rotarien, c'est mon devoir de te mettre en garde. J'ignore ce que tu viens faire dans ce repaire de tantouses…

– Un contrôle fiscal.

Il se fige, le fiel en travers de la gorge, rougit de sa méprise et me présente ses excuses. Je l'absous, lui dis à bientôt. Il me retient, passant du rouge au blême avec une rapidité confondante.

– Attends… Me dis pas que ton collègue Martinez, il était sur ce contrôle avec toi ? Me dis pas que c'est d'ici qu'il venait !

Je laisse mon silence répondre pour moi.

– Fais attention, Talbot. Je ne suis pas facilement impressionnable, tu me connais. Mais en tant que généraliste, je n'ai jamais vu ça. La veuve de Martinez a demandé une autopsie, pour la compagnie d'assurances : elle espérait une erreur médicale, une infection nosocomiale, histoire de se retourner contre le service de réa… Je viens de l'hôpital, j'ai vu le rapport du légiste. Tu vas pas le croire : tout le corps a lâché en même temps.

– C'est-à-dire ?

– Infarctus, embolie gazeuse, hémorragie interne, péritonite et rupture d'anévrisme. Tu comprends ? C'est pas une réaction en chaîne, c'est une série de pathologies simultanées. Comme le petit pédé de la chambre du fond. La totale, sans lien clinique. Par ici, je t'apprends rien, on appelle ça un état de surenvoûtement. Fais gaffe, Talbot…

Je m'efforce de prendre ses conclusions à la légère ; je lui parle de hasard, de coïncidences, de superstition…

– Moi aussi j'ai les pieds sur terre, réplique-t-il. Je viens d'ailleurs, comme toi : je suis normal. Mais quand on va en Afrique noire, on se fait vacciner contre la fièvre jaune. C'est pas de la superstition, c'est de la sagesse.

Il sort une tête d'ail de sa sacoche, la fourre dans ma poche en me recommandant de la changer tous les deux jours, et descend l'escalier d'un pas rapide. Maurice Picard revient aussitôt vers moi.

– N'écoutez pas ces queuneries ! Son remède, vous

190

pouvez vous le foutre en persillade ; c'est pas comme ça qu'on se protège de l'astral.

Il extrait l'ail de ma poche, ouvre une fenêtre et le balance dans le parc. Je ne bronche pas, sonné par ce que m'a révélé le médecin.

— C'est Jonathan qui a insisté pour qu'on appelle cette nullité, alors qu'on s'est toujours soignés nous-mêmes à l'homéopathie et aux fleurs de Bach, mais il ne tourne plus rond, à cause de vous. C'est sa part anglaise, vous comprenez. Il est complètement lié aux vibrations de la guerre de Cent Ans, que vous avez réactivées depuis quarante-huit heures.

Dans un effort de légèreté, je lui fais observer que le fait d'être fonctionnaire du Trésor ne me rend pas comptable envers l'Histoire de France. Il ne réagit pas. Il n'a pas entendu. Il est plongé dans mes yeux comme s'il regardait à travers moi. Il dit :

— Vous le reconnaissez ?

Il me désigne dans son dos l'ecclésiastique, sur la tenture cloquée devant laquelle je suis tombé en arrêt avant-hier soir.

— L'abbé Meurleume, le confesseur d'Isabeau. Il est très heureux que vous soyez allé aux Archives pour vérifier son prénom.

Le sang jaillit de la lèvre que je me suis mordue, en réflexe. Ce n'est pas possible, ces gens me pistent, me cernent – ou pire : me téléguident. Le psy a raison : ils ont dû m'hypnotiser à un moment donné, mais quel est leur mobile ? Et pourquoi continuer ce jeu, surtout, maintenant que mon contrôle s'est achevé d'une manière inespérée pour eux ?

– Vous pensez à quoi, là ? soupire Maurice sur un ton fatigué. À l'hypnose ?

Inutile de feindre : la postière a dû lui rapporter mes soupçons d'hier matin. Il enchaîne :

– Si vraiment c'est votre conclusion, allez voir un psy pour qu'il vous débarrasse d'Isabeau. C'est déjà fait ? Je le vois à votre air. D'accord. Écoutez, je n'ai rien à vous dire : elle est à vous, ça vous regarde, vous en faites ce que vous voulez. Renvoyez-la dans son donjon, Guillaume finira aux oubliettes dans un coin de votre cerveau, et vous serez obligé de vous retaper encore une incarnation pour revenir à la case départ : c'est votre problème.

– Arrêtez de me juger, enfin ! De quel droit ?

Il s'énerve soudain, avec un saut de côté :

– Mais barrez-vous, on vous retient pas ! Allez-y, allez reprendre votre petite vie bien tranquille, la vie d'un mec d'aujourd'hui à fond dans son présent, normal, salarié, qui cotise et qui attend la retraite pour se faire chier gratuit ! La vie d'un mortel qui règle son deal avec l'au-delà par une convention-obsèques, la vie d'un provisoire qui vient de nulle part et qui y retourne ! C'est ça que vous voulez ? Vraiment ?

Je charge mon regard de la riposte que les mots me refusent. La bouffée de désespoir qui m'a pris à la gorge, dès le début de sa diatribe, anesthésie l'humiliation.

– Deuxième solution : vous arrêtez de nous prendre pour des tordus comploteurs, vous acceptez l'incroyable victoire que vous avez déjà remportée sur six siècles d'enfer, et vous faites pour le confesseur ce que vous avez réussi avec Isabeau. C'est pas nous qui vous manipulons, Jean-Luc : c'est vous qui nous libérez !

J'avale ma salive et je hoche la tête, bouleversé par un sentiment inconnu, un élan de confiance, de puissance, de fierté altruiste. Une obligation de naissance, une contrainte enivrante qui doit s'appeler le devoir féodal. *Défendre et servir*, la devise des chevaliers d'Arboud. Pour ce qu'ils en ont fait.

– Je vous écoute, dis-je à Maurice.

Il prend une longue inspiration, passe une main nerveuse sur ses quelques cheveux qui se redressent aussitôt en épis frisés, se retourne vers la tapisserie et lance d'une traite :

– Alors voilà : l'abbé Meurleume vous remercie d'avoir commencé à dégager Isabeau, mais d'une part il ne faut surtout pas vous arrêter en chemin, et d'autre part il est vital, pour le repos de son âme à lui, que vous entriez en relation avec votre père.

Parfaitement calme, je lui rappelle que je suis un enfant trouvé.

– Le père de Guillaume, pardon, précise-t-il, brusquement radouci. C'était un seigneur influent, avec qui l'abbé Meurleume était très lié. Il aurait pu faire pression sur le mari d'Isabeau, pour l'empêcher de s'acharner sur son confesseur : il ne l'a pas fait. L'âme de Meurleume est perturbée par cette ingratitude – n'oubliez pas qu'en niant sous la torture votre relation avec Isabeau, le confesseur vous a sauvé la vie – c'était la moindre des choses que votre père se bouge le cul pour lui.

Une colère soudaine se lève en moi. D'un geste, il m'empêche de l'interrompre.

– Seulement voilà le problème : l'esprit de votre père, de son côté, est bloqué sur Terre par le remords de son aveuglement. Il s'était mis en tête que son ami Meurleume vous avait dénoncé, provoquant votre fuite et la séquestration d'Isabeau. Mes informateurs vous demandent à présent de dissiper le malentendu en transmettant au confesseur les excuses et les regrets de votre père, et en signifiant à votre père que le confesseur lui a pardonné de l'avoir laissé mourir. C'est clair ?

Mon accès de rage s'est volatilisé. Au lieu de réagir normalement, de me désolidariser de ces querelles médiévales, je m'entends murmurer :

– Comment je peux faire ?

– Priez. Et, si vous n'êtes pas croyant, choisissez un lieu qui vous parle, concentrez-vous et transmettez l'info. C'est tout ce qu'on vous demande.

– Mais pourquoi moi ?

– Ce qui a été noué ne peut être dénoué que par celui qui a fait le nœud. C'est la loi karmique. On peut compter sur vous ?

Un large sourire illumine sa face. Il me tend la main,

et malaxe mes doigts avec une gratitude ostentatoire, comme si mon silence valait acceptation. Pourquoi ai-je en tête l'image du descendant de Guillaume, ce mac emprisonné à la maison d'arrêt de Mulhouse ? Le fait de dissiper un malentendu au XVe siècle peut-il avoir des répercussions aujourd'hui ?

— Allez, maintenant, il faut dire un mot d'encouragement à Louis. Il en bave, tu sais, avec ses fumiers d'ancêtres. On peut se tutoyer, d'accord ? Maintenant que je suis défiscalisé.

Je lui emboîte le pas, vidé de toute résistance. Et pourtant, je ne me crois plus manipulé. Il n'y a plus d'hypnose qui tienne : c'est *ma* volonté, *ma* décision de mener à bien la mission dont je me sens investi. Maurice et ses amis ne sont que des intercesseurs, des révélateurs mis sur ma route, au même titre que les dissuasifs comme Martinez, Lacaze ou Sauvenargues, pour me rappeler d'où je viens, ce dont je suis responsable, et ce qu'il est en mon pouvoir de réparer. C'est à moi seul de définir mon camp, de choisir entre le devoir et la fuite.

Je le sais, maintenant : ce n'est pas leur stratégie qui m'influence, c'est cette histoire qui m'appelle. C'est l'incroyable écho levé en moi par les conséquences d'un coup de foudre datant de six siècles – un retour de flamme dont j'ai subi le charme et les inconvénients, avant d'en mesurer les dégâts. Que soit ou non présente en moi la mémoire du chevalier Guillaume, l'empreinte de ce destin vient se loger dans un vide à sa mesure. Je n'ai rien *fait*, dans ma vie de Jean-Luc Talbot. Rien créé, rien enfanté, rien construit. J'ai inspecté, suspecté, réprimé ou classé sans suite, après avoir subi l'abandon, les trahisons, l'indifférence et les déceptions dont je suis le produit mal fini. Réparer les catastrophes causées par un tombeur du Moyen Âge, même si je n'ai rien de commun avec lui, est peut-être le premier véritable enjeu de mon existence.

Je retiens ma respiration en pénétrant dans la chambre en bois sculpté, d'où je me suis senti viré avec tant de force avant-hier soir. Louis de Grénant, le visage livide sur un oreiller mauve, est couché dans le lit à colonnes. Grelottant, couvert de sueur, les doigts serrés sur un crucifix. La factrice et les parents de Maurice Picard le veillent, debout en triangle à l'intérieur d'une étoile de David dessinée au gros sel sur le parquet.

— Mais pardonnez, si vous voulez être libres, pardonnez ! crie dans le vide le malade en se tordant de douleur. Ce n'est pas notre souffrance qui vous rendra votre honneur, c'est notre amour ! Vous entendez ? Laissez-vous aimer, merde ! Plus vous me faites mal, plus vous êtes prisonniers... Guillaume, c'est toi ? Viens !

Les autres me regardent avec une impatience gênante. Je m'avance vers le lit. Le jeune homme me tend une main tremblante. Je la prends, en ressentant aussitôt en moi un mélange de détresse et d'obstination – comme le trop-plein de sa souffrance. Les yeux brûlants de fièvre, les lèvres à demi collées, il murmure en me fixant :

— Ne t'en fais pas pour moi, Guillaume. Je dois rester dans cette chambre, pour les occuper… Les détourner de toi et d'Isabeau, absorber leur colère… Ils me détestent, regarde, je suis tout ce qu'ils méprisent : le traître à leur sang, le dépossédé, le valet de cuisine, le bougre inverti, l'indigne qui rêve de se pacser avec l'ennemi anglais… Ils s'acharnent contre moi, mais je suis ton fusible, Guillaume, et je tiendrai bon. Je les forcerai à accepter la libération d'Isabeau et votre union dans l'astral, je les délogerai d'ici et je nettoierai leur mémoire, je casserai la malédiction qui fout en l'air tous les Grénant depuis qu'ils ont tué leur fille, je rendrai le droit d'être heureux à mes enfants, même si j'en ai pas…

Sa phrase hachée par la douleur et les sanglots s'achève en quinte de toux. Ses doigts me lâchent. Je recule de quelques pas dans cette pièce où je ne ressens plus la moindre hostilité contre moi.

Soudain, je repense à Raphaël Martinez. Aurait-il, par le simple effet de son amitié, pris sur lui la charge de haine que m'avaient envoyée les parents d'Isabeau, pour m'empêcher de délivrer leur fille déshonorée par Guillaume ? M'aurait-il servi de « fusible », comme ce matin le jeune Louis, en laissant son corps développer toutes ces maladies ? Au lieu de la peur que devraient m'inspirer les révélations du Dr Sauvenargues, c'est un grand courant de gratitude et de responsabilité qui m'envahit. Ce qu'on attend de moi est-il si important que je doive être ainsi protégé ? Mais je ne peux pas accepter un tel sacrifice. Qu'au moins j'apprenne à prier pour ceux qui m'aident.

Je détourne mon émotion vers les photos scotchées qui recouvrent les boiseries. Louis de Grénant à tous les âges, entouré de blasons, d'amis, d'amoureux, de montagnes, d'animaux, de batteries de casseroles… Avant de s'installer dans cette chambre, il a fixé tous ces morceaux de lui sur les murs, comme pour marquer son territoire, affirmer sa filiation, son droit d'asile, sa différence…

Et soudain, le ciel me tombe sur la tête. Une photo de groupe sur une terrasse, quelques années plus tôt. En l'espace d'une seconde, je comprends tout. L'origine du complot, la genèse, la collusion, le mobile. Et le but final.

– Ça ira, dit la postière en regardant sa montre. Faut que j'aille faire mes levées, et de toute manière on ne peut pas donner plus : Louis est sous protection totale. Je passe quand même à la pharmacie pour l'ordonnance de Sauvenargues ?

Le malade acquiesce d'un battement de cils.

– On peut me déposer chez moi ? demande le vieux Picard. Je ne suis pas très en jambes, aujourd'hui.

– Jean-Luc vous emmène, décide Marie-Pierre.

J'accepte machinalement. Plus rien n'a d'importance. La révélation m'a pétrifié de l'intérieur. Tant d'émotions, de dilemmes, de revirements, d'enthousiasmes et d'angoisses pour, au bout du compte, me retrouver devant la réalité la plus banale, la plus sordide qui soit. Me retrouver couillonné par une vengeance de contribuables qui m'ont joué la comédie et continuent à se prendre à leur jeu. Tout est faux, depuis le début, tout est bidon, sauf les effets psychosomatiques dont parlait Serge Lacaze. Je me sens couler dans un silence glacé qui efface le temps, les voix, les lieux.

— Vous n'avez pas l'air en pleine forme, vous non plus, grommelle le vieux Picard dans ma Clio. Mais ce n'est pas la peine de rouler si vite. Des soucis avec Isabeau ?

Je stoppe devant sa maison de gardien, me retourne vers lui avec brusquerie.

— Arrêtez de me prendre pour un débile, j'ai tout compris, ce n'est plus la peine de faire votre numéro. Je n'avais rien à voir avec Isabeau.

— Et alors ?

Sa franchise brutale coupe l'élan de ma rage. Il enchaîne, paisible :

— Maintenant, grâce à vous, elle existe. Je vous avais prévenu, il me semble. Un jour où vous serez moins pressé, venez me voir tranquillement, que je vous parle un peu de physique quantique. Que je vous explique comment on crée un univers parallèle, à chaque détour de nos pensées. Portez-vous bien, Guillaume d'Arboud.

16

Je n'avais pas sorti le fer depuis trois semaines. J'ai toujours besoin de repasser pour y voir clair, dans la vapeur qui efface les plis. C'est là que je me concentre le mieux, que j'arrive à faire le tri entre l'important et l'accessoire, mon intérêt et mon devoir, mes désirs et les attentes d'autrui. Pour éviter de regarder les choses en face dans ma relation avec Corinne, pour ne pas creuser les vraies raisons de son attitude, j'avais laissé monter la pile de linge depuis qu'elle me refusait son corps.

En rentrant du château, la rage au ventre et le cœur en loques, j'avais aussitôt sorti du placard ma planche à repasser – la planche de salut qui verrait sombrer mes dernières illusions sur Isabeau et Guillaume. Comme tous les samedis, Corinne avait sa vacation dans une clinique de Bourges, et c'est à ses chemisiers, ses jupes et ses dessous que je demandais conseil en les défroissant.

Internet m'avait donné l'adresse de la personne qui

manœuvrait les pions à distance ; il fallait compter cinq heures de route, il était midi, et ma décision s'est prise au bout de la manche d'une robe en lin.

*

Les paysages ont défilé entre les péages et les stations-service. Les peupliers ont cédé la place aux platanes, les bruyères aux lauriers-roses, la musique d'Autoroute FM au crissement des cigales. À travers les pinèdes incendiées, j'ai retrouvé la route de Bargemon. Je me suis arrêté au milieu du village, entre les fontaines et les micocouliers. À la place du restaurant La Trufferie, il y avait une agence du Crédit agricole.

Deux cents mètres plus loin, à l'adresse indiquée par le Net, un petit immeuble récent abritait des logements sociaux. Sur la troisième boîte aux lettres, un Post-it disait où trouver, en cas d'urgence, l'homme qui avait tout perdu à cause de moi.

J'ai repris ma voiture, continué vers la montagne, franchi les barrières marquant l'entrée du camp militaire de Canjuers. La route en lacets, jalonnée de panneaux *Défense de circuler hors de la départementale*, traversait un paysage dévasté par les traces de chenilles et les cratères d'obus. Aux troncs des chênes criblés de balles étaient fixées des pancartes indiquant *60ᵉ RA, Dépôt de munitions, Annexe des subsistances, Aire de bivouac…*

202

J'ai laissé ma voiture à l'entrée de l'ancien village de Brovès. Expropriés par l'armée dans les années cinquante, les habitants avaient abandonné leurs maisons en laissant des meubles intransportables et des épaves de voitures où se concentrait la vie : nids d'oiseaux, fourmilières, tanières de chats errants, nœuds de vipères... Les herbes folles envahissaient les rues du hameau fantôme. Dans un silence malsain ponctué de coups de canon, je marchais entre les ruines aux toits rafistolés par de grandes plaques de tôle – sans doute ce qu'ils appelaient « l'aire de bivouac ».

Je suis arrivé devant les murs d'une petite église à demi écroulée, où s'accrochait un semblant d'échafaudage. Un break blanc était garé au pied du clocher sans cloche, et une silhouette maçonnait, accroupie sous une fenêtre en ogive, alternant la truelle et le niveau à bulle.

En entendant mes pas dans les gravats, Benoît Jonkers s'est retourné, et j'ai reçu un choc auquel rien ne m'avait préparé. Ni les kilomètres de rage ressassée, ni l'historique du complot que j'avais reconstitué, ni les circonstances atténuantes que j'avais fini par accorder à celui qui se vengeait de moi par procuration. Au revers de sa parka, il portait une croix en métal argenté.

Il a froncé les sourcils, mis son avant-bras en visière pour me distinguer à contre-jour. Et son visage amaigri s'est brusquement illuminé.

– Mais c'est Machin ! Le couillon des impôts ! Non, allez, c'est pas vrai ?

J'ai confirmé mon identité d'une voix bredouillante. Laissant tomber ses outils, il a ouvert ses bras d'un coup, et m'a serré contre lui en s'écriant :

– Mon sauveur !

Tous mes soupçons, mes déductions, mes certitudes ont fondu sous son étreinte. Complètement abasourdi, je l'ai entendu me remercier, m'assurer que sans mon contrôle sa vie n'aurait pas basculé : il ne serait jamais sorti de la matérialité, des problèmes de personnel, de charges sociales, d'investissements, de rentabilité... L'étoile Michelin aurait continué de lui cacher le ciel, et il n'aurait pas découvert Dieu.

Grâce à moi, il avait tout perdu, connu l'abandon, les trahisons, l'injustice, la solitude absolue et la tentation d'en finir. Mais la balle qui avait failli lui trouer le cœur, en ripant sur une côte, lui avait ouvert la voie de la grâce, du pardon, de l'amour inconditionnel. Dès sa sortie de l'hôpital, il était entré au séminaire, avait franchi tous les échelons de la vocation tardive. Ordonné prêtre, il était revenu dans le haut Var pour prendre en charge huit paroisses désaffectées, dont cette église en ruine qu'il avait entrepris de restaurer à ses moments perdus.

Assis à ses côtés sur un tas de pierres, en train de partager son goûter dans la rumeur lointaine des tirs d'artillerie, je ne savais que répondre à sa gratitude. Moi qui, toutes ces années, m'étais pris pour son naufrageur et, depuis quelques heures, pour la cible de sa vengeance à distance, voilà que je devenais dans son regard l'instrument de la Providence, l'ange gardien qui avait transformé le roi déchu de la truffe en serviteur de l'eucharistie.

— Mais comment avez-vous su me retrouver ? Et qui vous a soufflé de le faire ?

En toute honnêteté, je lui avoue que ce n'est pas le Saint-Esprit, mais la suspicion. Et je lui raconte tout. Le contrôle de Green War, le surgissement d'Isabeau, les phénomènes paranormaux que j'ai cru subir et la seule explication rationnelle à laquelle je me suis raccroché : la photo qui le montrait, une dizaine d'années plus tôt, sur la terrasse de son restaurant, le bras passé autour des épaules d'un de ses jeunes apprentis.

— Louis de Grénant, vous dites ? Ça ne m'évoque rien. J'en ai eu tellement... Et à l'époque où vous m'avez connu, vous vous rappelez : je m'intéressais si peu aux êtres humains. Seules comptaient la qualité de ma table et la satisfaction du client. *Vanitas vanitatis...*

Sa main se pose sur mon genou. Je ressens une chaleur douce, bienfaisante.

— Mais dites-moi, si la piste de la machination ne tient plus, vous voilà bel et bien flanqué d'une âme en peine... ou d'une âme en joie, d'après ce que vous me contez.

— Je ne sais pas. Je suis complètement retourné. Y croire, ne plus y croire, et à nouveau se remettre à y croire… Affronter les retombées de mon métier ou d'une vie antérieure… Je ne sais pas ce que je préfère.

— Eh oui, soupire-t-il, la malveillance humaine est souvent plus simple à gérer que la grâce divine.

Je le regarde à contre-jour, dans le son des cigales mêlé au bruissement d'un ruisseau.

— Ça ne vous gêne pas, en tant que prêtre, ces histoires de spiritisme et de réincarnation ?

Il gratte une tache de ciment sur son pantalon de treillis, avec un petit rire de gorge, puis questionne en me tendant sa tablette de chocolat belge :

— Savez-vous ce que fait Jésus, le plus souvent, dans les Évangiles ?

— Il pardonne ?

— Non, il exorcise. Il chasse les démons, il réoriente les âmes errantes, il rend aux possédés leur libre arbitre. Et qu'est-ce que la Résurrection, au fond ? Une seconde incarnation à l'intention de ses disciples, des saintes femmes et des pèlerins d'Emmaüs, avant de monter vers le Père. Que puis-je pour vous, ami Jean-Luc ?

Un grand vide résonne en moi. Je sens bien que je suis arrivé à un point de non-retour, mais je ne sais vraiment plus où je veux aller.

— Faut-il vous délivrer d'Isabeau, vous aider à la faire monter auprès du Seigneur ? Est-ce la raison pour laquelle la Providence, par ses voies détournées, vous a mené jusqu'à moi ?

Je baisse les yeux, dans une perplexité totale.

— Quoi qu'il en soit, vous n'avez pas le droit de consigner une âme ici-bas, pour votre usage personnel. Si ce Guillaume dont la mémoire vous obsède a jadis abandonné cette jeune femme, ce n'est pas en l'emprisonnant dans vos nuits, même si elle est consentante, que vous effacerez la dette karmique — le péché originel, comme on dit plutôt chez nous. L'orgueil de croire que notre faute est trop grande pour qu'elle puisse être effacée.

Rassemblant mon courage et ravalant ma honte, je lui demande s'il me sent possédé par des forces mauvaises.

— C'est à vous de trier les influences, de transformer, s'il y a lieu, le mal en bien. Mais n'oubliez jamais que le seul péché qui ne sera pas remis, nous dit Jésus dans les Évangiles — et ça, aucun prêtre n'en parle jamais —, c'est celui-ci : prendre les envoyés du Ciel pour des suppôts du diable. Le péché d'ingratitude. La faute de discernement.

Il me laisse méditer, en cassant deux carrés de chocolat pour finir son pain.

— Vous avez la foi en Jésus-Christ ? reprend-il, la bouche pleine.

— Je n'en sais rien. C'est quoi, pour vous, la foi ?

Il prend le temps de la réflexion, en mâchant, les yeux sur le chantier de son église.

— Je crois que c'est la difficile synthèse entre l'orgueil et l'humilité. Se dire : je ne suis rien, mais je peux tout. Je suis une goutte d'eau, mais je désaltère. Au sens premier : j'enlève à l'autre son altérité. Mon prochain redevient un second moi-même ; ce que je fais pour ou contre lui, qu'il soit vivant ou mort, agit en mon for intérieur. Pourquoi croyez-vous que j'essaie de restaurer cette église, dans un camp militaire où mes paroissiens ne viendront jamais ? Parce qu'il y a peut-être ici des milliers d'âmes bloquées sur Terre par l'oubli et la souffrance, la peste ou le choléra des siècles passés, et qui cherchent à retrouver le lieu de prière qui était leur seul repère. Le point de chute qui deviendra une aire d'envol. Ça sert aussi à ça, une messe.

Il se met debout, se masse les reins et retourne préparer du ciment. Penché sur l'auge, il poursuit :

— Demandez-vous comment vous aimeriez qu'on vous traite, après votre mort. Et faites pour l'âme d'Isabeau ce que vous attendriez d'elle, si elle était à votre place. Allez, ç'a été gai de vous revoir, mais le ciment n'attend pas. Que Dieu vous garde, *pitchoun*, conclut-il en retrouvant les inflexions moqueuses du temps où j'effectuais son contrôle.

Il reprend sa maçonnerie. Concentré sur l'aplomb du mur qu'il monte, il m'a oublié. Ou c'est pour me laisser libre face à mes choix.

Je me dirige vers ma voiture, et soudain je m'arrête, je reviens sur mes pas. Enjambant les poutres effondrées qui barrent l'entrée, je me glisse dans l'église à ciel ouvert où ne reste plus qu'un autel de pierre fendue.

Là, au milieu des gravats, je rassemble toute la concentration qui me tient lieu de foi, et, dans le doute, j'informe à mi-voix le père de Guillaume que l'abbé Meurleume ne lui en veut plus de l'avoir laissé mourir. Puis je transmets au confesseur, en échange, les excuses et les regrets de l'ami qui l'a accusé à tort d'avoir livré son fils, ainsi soit-il.

Alors une montée de larmes me noue la gorge. Une émotion extraordinaire, mais qui n'est pas la mienne. Comme un courant de gratitude qui me traverse. Comme si le trait d'union que j'avais tenté de créer se transformait en onde de choc, et me laissait pantois, pleurant pour rien et grisé d'une joie sans cause.

*

Autant j'avais broyé du noir à l'aller, autant le retour s'effectua dans une allégresse limpide. Louis de Grénant m'appela sur mon portable. Il allait beaucoup mieux. Il avait réussi à dégager ses ancêtres, disait-il, et ses symptômes avaient disparu avec le départ des âmes en haine. Il tenait, par la même occasion, à me féliciter pour la réussite de ma propre mission, dont les informateurs de Maurice avaient déjà claironné la nouvelle. L'abbé Meurleume et le père de Guillaume, délivrés de leurs quiproquos, étaient « partis dans la lumière », et grâce à moi le château respirait à nouveau.

— Sans vouloir abuser, pendant que vous y êtes... Il y a une personne de ma famille, enfin presque, elle s'appelle Clotilde, elle est très malheureuse mais je n'ai pas accès à elle : je ne suis pas dans ses vibrations. Si vous pouviez juste lui envoyer une pensée de compassion, pour qu'elle se réconcilie avec Isabeau. Elles ont grandi ensemble...

— Clotilde, c'est noté.

— Merci. Vous n'avez pas idée du bien que vous leur faites.

C'était vrai, alors ? Je ne m'étais pas raconté d'histoires, dans l'église désaffectée ? Je n'en revenais pas de ce pouvoir que nous détenions, nous pauvres mortels prisonniers de la matière, face à ces défunts tellement cloisonnés dans leurs malentendus qu'ils ne pouvaient se parler qu'*à travers nous*. En fait, je n'avais plus aucun problème avec l'irrationnel, dès lors que je me sentais utile. Reniant sans gêne mon incroyance, je m'octroyais même le droit d'être heureux de l'existence d'un au-delà, qui me permettait d'exercer un contrôle sur les âmes en les redressant pour leur bien.

La jubilation d'Isabeau imprégnait l'habitacle. Je n'avais plus besoin d'un papier, du sommeil ou d'un médium pour la *sentir*. C'est moi qui créais le contact, à présent. C'est moi qui vibrais à son rythme en fredonnant gaiement *La Ballade des pendus*, le poème de son contemporain François Villon. J'avais acheté dans une boutique Shell la version chantée par Serge Reggiani, sur une compil en promo, et je me la passais en boucle, avec des pensées compatissantes pour la nommée Clotilde.

– Quant de la chair, que trop avons nourrie,
Elle est piéça dévorée et pourrie,
Et nous, les os, devenons cendre et pouldre.
De nostre mal, personne ne s'en rie :
Mais priez Dieu que tous nous veuille absouldre.

L'employée du péage, une ravissante brune aux yeux jaunes et aux seins de rêve, m'a regardé comme un Martien, et j'ai songé avec une certaine bienveillance à la proposition d'Isabeau, naguère transmise par le canal postal : lui faire l'amour à travers le corps d'une inconnue. L'intéressée m'a retourné mon sourire. À sa phrase « Trois euros cinquante », j'ai répondu : « Vous finissez à quelle heure ? », mais les klaxons derrière moi ont abrégé mes manœuvres d'approche.

Je suis sorti à la bretelle suivante et j'ai pris l'autoroute dans l'autre sens, puis de nouveau en direction de Châteauroux, afin de prolonger notre échange. La fille à trois euros cinquante, morte de rire, a fini par m'avouer qu'elle avait deux enfants et un mari sicilien. À quoi j'ai répondu que, de mon côté, j'étais fidèle à deux amoureuses dans deux siècles différents. On s'est souhaité bon courage, et, sous les modulations tragiques de Reggiani plaidant pour ses pendus, on s'est fait la bise sur la pointe des pieds.

Je suis arrivé chez moi à minuit et demi. Julien jouait en ligne avec un ami japonais, Corinne dormait. Je l'avais

211

appelée trois fois durant le trajet ; elle avait eu une journée pénible, commençait tôt demain matin avec son assoce de chiens d'aveugles, et m'avait demandé de ne pas la réveiller.

J'ai pris une douche et je me suis couché contre elle. Elle a gémi dans son sommeil. J'ai dit qu'on était de retour, sans trop m'interroger sur cette forme de pluriel, et je lui ai souhaité douce nuit.

Le matin, elle m'a secoué l'épaule avec une insistance croissante. J'ai fini par soulever mes paupières qui pesaient deux tonnes. Je lui ai souri. Elle avait l'air radieuse, mais ses premiers mots m'ont surpris :

– Et comment je me maquille, moi ?

Elle me présentait sous le nez un tube de rouge à lèvres vide. Je me suis redressé sur un coude, et j'ai découvert avec stupeur que la housse de couette était entièrement couverte de phrases écarlates. Les mains sur les hanches, Corinne m'a observé tandis que je déchiffrais les pleins et les déliés déformés par le duvet d'oie.

Je fais serment ne plus importuner la messagère au récit de nos étreintes. Plaise à Dieu d'accueillir en Sa sainte garde la pauvre Clotilde. Tu es le plus grand des amours et des soutiens pour ceux qui sont dans la géhenne de l'ombre. Les pendus errant en la foi sont heureux par la rieuse merci de l'aubade que tu leur as baillée. Merveille que tu as faite pour mon confesseur, parti dans sa Lumière en me confiant à toi. Je suis tienne à jamais.

Bouche bée, je relève la tête, rencontre le regard de Corinne qui me dit d'un ton égal :

– Ton petit-déjeuner est prêt ; je dois rajouter un bol ?

Je balbutie mon incompréhension, ma consternation, mes excuses...

– Allez hop ! fait-elle gaiement en faisant voler la couette. Je t'aime, je suis à la bourre, mais d'abord j'ai une grande nouvelle !

Et elle se fige. Sur le revers de la couette repliée, il y a la suite du message :

Dis à ta Corinne de ne plus s'alarmer : il n'y a point maladie en son sein.

Je bondis hors du lit. Blême, elle fixe les deux lignes de rouge à lèvres en tremblant. Je la prends dans mes bras. Elle est glacée.

– Corinne... ça va ?

– C'était ça... Jean-Luc, c'était ça, ma nouvelle. Y avait un problème avec la dernière mammo, je t'ai rien dit, j'attendais le résultat de la biopsie... J'ai trouvé la lettre du labo en rentrant hier soir. Tu l'as lue ?

Je fais non de la tête.

– Comment... comment tu pouvais savoir ? Comment *elle* sait ? Tu... Ça existe, alors ?

Je la serre contre moi, bouleversé. Je murmure dans ses cheveux :

213

– Oui, ça existe.

Les sanglots dans sa respiration s'espacent et disparaissent. Nos souffles s'unissent dans un courant de confiance qui vient d'elle ou de moi, je ne sais plus. Mais nous avons fait le même parcours. Tous ces raisonnements successifs qu'on a échafaudés séparément, ces doutes, ces rejets, ces soupçons, ces procès d'intention étaient peut-être nécessaires, pour établir sur leurs décombres une conviction véritable. Une conviction à deux.

17

Les semaines suivantes furent un pur bonheur. Enfin, « pur »... Dense, trouble et complexe. Passé au tamis de ma réflexion, il devenait pur. Je vivais une passion réfléchie, dans les deux sens du terme. J'étais possédé, peut-être, mais en indivision.

Corinne ne s'était jamais sentie aussi bien. Le fait de me partager avec Isabeau lui donnait l'impression de vivre double – en tout cas je l'aimais deux fois mieux, disait-elle, parce que j'avais un but en dehors d'elle, un enjeu qui nous devenait commun. Cet amour à trois nous rendait l'un à l'autre, nous donnait charge d'âme, justifiait notre couple au-delà du plaisir et de l'illusion d'échapper à la monotonie des jours. Une disparue du XVᵉ siècle faisait de nous des vivants à part entière. Exit la jalousie, la piètre opinion de soi et la crainte de perdre l'autre.

À l'issue de nos câlins, lorsque Corinne regardait le sommeil m'entraîner dans le monde d'Isabeau, elle disait qu'elle éprouvait la même fierté qu'autrefois, quand elle voyait son enfant jouer sans elle derrière les grilles de la maternelle. Elle le sentait d'autant plus sien qu'il devenait, par moments, autonome.

Je m'étais libéré devant Corinne de mes peurs, de mes incertitudes, de mes contradictions. Je m'étais rassemblé, réuni. Insistant pour que j'assume les deux parts de moi-même, elle avait fait elle aussi la synthèse des contraires. Désormais l'invisible avait droit de cité dans son quotidien, et du coup la routine usante de son métier ne l'affectait plus ; elle se sentait immunisée contre ses malades comme je l'étais face à mes contribuables. L'ailleurs était notre antidote. Même si elle n'était pas tout à fait sûre qu'Isabeau ait une existence réelle, elle avait décidé d'y croire, comme on respecte une règle du jeu. Elle appréciait trop le partenaire que j'étais devenu pour interrompre la partie en trichant. Depuis que le rire, la tendresse et le sexe étaient revenus entre nous, le poids de la raison avait perdu sa raison d'être.

Cette connivence retrouvée s'était nourrie d'une épreuve qui, hier encore lorsque je n'étais que Jean-Luc Talbot, m'aurait fait la quitter sur-le-champ. L'épreuve se nommait M'Gaba, c'était l'avant-centre de la Berrichonne de Châteauroux. Un superbe Malien de vingt-quatre ans, en préretraite depuis qu'il avait fait la une du *Berry républicain* avec sa thrombose veineuse. Deux fois par semaine, Corinne allait lui prélever du sang à domicile, pour contrôler son taux de prothrombine. Il était tombé fou amoureux d'elle, et elle avait failli craquer pour cet athlète en détresse qui, obligé pour raison de santé d'abandonner le foot après lui avoir tout sacrifié, pleurait tout seul dans sa villa de six pièces au bord d'une piscine en lagon.

Sa femme, en divorçant, lui avait pris ses enfants et la moitié de ses biens. Il voulait épouser Corinne, adopter Julien, et les trois semaines où elle m'avait refusé son corps avaient renfermé, en fait, le plus grand dilemme de sa vie. D'où sa réaction de fureur contre moi lorsque j'avais découché sans prévenir, alors qu'elle s'était interdit de me tromper avec son nouvel amoureux – sauf un matin, mais ils n'étaient pas allés jusqu'au bout. Parce qu'elle m'avait choisi moi, le miteux contrôleur des impôts, face au grand Black millionnaire qu'elle avait tiré de sa dépression par le biais d'un coup de foudre.

Ma réaction m'avait stupéfié. Moi que la trahison des femmes avait toujours dévitalisé, moi qui savais si bien m'anesthésier par la froideur et l'orgueil, j'éprouvais une sorte de reconnaissance en l'entendant me confier ses sentiments pour un autre.

– Un type si craquant, si cassé, si gentil, et un tel cadre pour finir d'élever Julien... Mais c'est toi que j'aime, je n'y peux rien, et je t'aime d'autant plus fort depuis qu'un autre est venu dans ma vie.

J'ai dit, avec autant de franchise dans l'empathie que dans le reproche :

– C'est comme moi, avec Isabeau. Mais la différence, c'est qu'elle n'est pas concrète...

— Non. La différence, c'est que *toi*, tu as joui avec une autre.

Sa main sur ma joue, sa tendresse maternelle et son désir de femme dans un baiser de pardon mutuel – on vivait peut-être le plus beau moment de notre histoire d'amour.

— Et le fait que ce soit fini avec lui, a-t-elle ajouté en décollant ses lèvres des miennes, ne t'oblige en rien à faire de même. OK ? J'ai voulu que tu aimes avec moi, là, juste un instant, cet homme qui m'a fait trébucher parce qu'il m'a bouleversée. Mais moi je veux continuer à vivre Isabeau avec toi, Jean-Luc. On ne se cachera plus jamais rien d'important, tu promets ?

J'ai promis. Et j'ai enchaîné sur le ton mine-de-rien :

— Tu vas toujours chez lui ?

— Non, j'envoie ma collègue Charlotte. Je lui ai échangé une vieille diabétique contre l'idole de ses rêves : je fais au moins une heureuse.

— Moi aussi, je te rendrai heureuse, comme je ne l'ai jamais fait. Moi aussi je peux t'épouser, adopter Julien…

— Arrête ! Pour l'instant, gérons le Moyen Âge.

Je l'ai pressée contre moi, dans un élan de jubilation qui me coupait le souffle.

— Tu es la femme de ma vie.

— Oui, mais tu es l'homme de sa mort. Au boulot !

*

Gérer le Moyen Âge... C'était devenu un véritable travail à mi-temps. Au saut du lit, il ne me restait aucune image de ce que j'avais vécu en rêve. Mais il suffisait d'un café, d'une tartine et d'une feuille blanche pour aussitôt retrouver le souvenir de ma nuit sous les mots d'Isabeau.

Ensuite je déposais Julien au lycée, et j'allais au bureau. M. Candouillaud me trouvait une mine épatante. Mes collègues recherchaient ma compagnie, m'invitaient à déjeuner. Même les victimes de mes contrôles devaient dissimuler leur sympathie. Quant à Julien, il m'avait suffi de rencontrer ses professeurs pour qu'ils conviennent que, grâce aux menaces de redoublement dont je les remerciais, ses derniers résultats justifiaient son passage en première. Ils se réjouissaient avec moi de leur belle victoire contre l'échec scolaire. Devenu radicalement heureux, je déteignais sur tous.

Les pages d'écriture automatique s'amoncelaient sur mon bureau, soigneusement datées, numérotées, liées par des trombones. Souvent Corinne m'aidait à déchiffrer un mot. Nous avions des divergences, des interprétations personnelles, beaucoup de bonne volonté et un peu de mauvaise foi. Les secrets de ma liaison, disséqués entre nous, cimentaient notre couple, comme l'avait fait l'évocation de son amant d'un matin. On avait failli tomber sous la coupe de la jalousie qui détruit ; on vivait désormais l'amour véritable qui accueille, comprend et convertit.

Ma « femme de l'avant », comme elle se qualifiait, évoluait tellement vite… Elle me percevait désormais en tant que Jean-Luc, cet homme des temps futurs qui renfermait la mémoire de son Guillaume comme on porte un enfant. Elle apprenait mon époque et mon entourage par l'écho de mes pensées. Mais notre relation ne pouvait se continuer qu'au passé, dans les limites de notre histoire : ces quelques mois de rencontres furtives, de fusion artistique et d'union charnelle qu'elle me faisait revivre en boucle, chaque nuit.

Le premier soir à la table du château, entre les troubadours et les jongleurs, le jeu de nos regards dans les ombres dansantes de la cheminée… Puis la découverte de notre passion commune : elle vouait ses journées à représenter la nature dans des tableaux fidèles ; je passais mon temps, hors la guerre et l'amour, à peindre les gens dont je croisais le chemin. Ensemble, on avait refait le monde à quatre mains : je peuplais ses paysages et elle logeait mes sujets dans la réalité qu'elle recréait.

À l'abri des buissons de l'Étang-Gris qui était notre lieu de rendez-vous secret, elle peignait mon corps en écrasant entre ses doigts les fruits des bois, et je modelais son visage dans les convulsions de l'amour. Nous faisions mille projets d'avenir, en sachant très bien qu'ils ne verraient pas le jour. Lorsque les soupçons autour de nous entraînaient ma fuite et sa réclusion, la détresse versait dans une langueur qui ne se guérissait que par notre rencontre à la table du château, entre les troubadours et les jongleurs, la nuit d'après.

Ce qui manquait à notre histoire, c'était un enfant. L'aboutissement, l'enjeu, la survie. Est-ce Guillaume qui voulait être père à travers moi, ou le blocage issu de ma naissance dans une poubelle qui s'estompait enfin ? Pour la première fois, un soir, je demandai à Corinne si elle avait envie d'interrompre la pilule. Elle me répondit après un long silence qu'elle ne savait pas, que c'était trop tôt, ou trop tard, ou trop brutal : il fallait qu'on en reparle.

Le lendemain, l'écriture s'arrêta.

*

Je me levais de plus en plus tôt, pour rester seul le plus longtemps possible assis à mon bureau, mon stylo tenu vertical sur le haut d'une feuille vierge, attendant ce fourmillement qui annoncerait la présence d'Isabeau, son envie de me prendre la main, de chercher les mots dans ma tête ; cette crispation musculaire qui ne se reproduisait plus. Mes nuits étaient noires et mes pages restaient blanches.

Je ne supportais pas son silence. À présent, je remarquais certains signes avant-coureurs, dans ses dernières lettres. Il n'y était plus question de nous, de nos jouissances, de nos tableaux, comme si nous avions épuisé la substance de notre histoire en la revivant trop, comme s'il fallait maintenant passer à autre chose. Elle parlait d'un amour universel qui s'ouvrait à elle, au-delà de ma personne, depuis que la haine de ses parents avait cessé de la séquestrer. Je me disais, avec une consolation qui tisonnait ma souffrance, que sa passion posthume pour Guillaume n'avait été que l'antidote contre le poison parental. Guérie, son âme réclamait autre chose qu'un remède désormais sans objet.

Mais moi, qu'allais-je devenir ? Foyer, travail, éditions originales et repassage ; tout ce qui hier encore équilibrait ma vie n'était plus qu'un porte-à-faux. J'appréhende le réveil de Corinne, les céréales de Julien, la journée qui s'enclenche. L'état de manque est si fort que je n'arrive plus à feindre.

— Tu ne vas pas trop loin ? s'inquiète Corinne. Ce n'est pas contre elle, mais… Tu es son amour, bien sûr, seulement tu es aussi la cause de sa mort. Tu es certain qu'au fond elle te voulait du bien ?

Je ne supporte pas qu'elle parle au passé, qu'elle entérine la fin de notre histoire, qu'elle exprime tout haut les doutes que je combats. Je ne la touche presque plus, je lui parle à peine, je l'évite, comme si elle me volait l'énergie dont j'ai besoin pour maintenir Isabeau dans ma conscience. Peu à peu m'est venue la certitude d'avoir commis quelque chose d'irréparable en rêve, bien pire encore que le délit de fuite qui l'avait condamnée à mort. Je sens qu'elle m'en veut, je sens qu'en me replongeant dans notre passé elle a découvert un drame qu'elle me cache – mais lequel ?

Personne ne peut me répondre. Les gens du château disent qu'ils sont débordés, oublient de me rappeler. La postière me réplique que je ne tourne plus rond : je suis devenu trop accro à l'au-delà, et j'ai besoin de vacances pour me désintoxiquer. Quant au père Jonkers, lorsque je le relance, il se contente de répéter sa mise en garde dans un texto : je n'ai pas le droit de retenir une âme ici-bas, de son plein gré ou par contrainte.

En désespoir de cause, je n'ai plus qu'une personne vers qui me tourner.

18

Quand j'arrive, il est en train de prendre son petit-déjeuner devant le journal de vingt heures. Il finit sa biscotte, et me fait entrer dans son cabinet de consultation, meublé de cartons d'archives, d'une table en verre et d'un banc d'art populaire africain qui tient lieu de divan.

Je m'allonge sur la planche de bois. Serge Lacaze diminue la lumière, met en fond sonore un écoulement de caniveau dans une musique planante, et entame son protocole. Lorsque je lui ai téléphoné pour prendre rendez-vous, il m'a proposé trois options : l'expansion de conscience, la régression sous contrôle ou la suggestion post-hypnotique. La première consiste à chercher dans mon enfance les traumatismes à l'origine de ma névrose actuelle, la deuxième à me faire revivre l'existence antérieure que je crois avoir menée, la troisième à me reprogrammer en effaçant de mon subconscient l'obsession médiévale – ce qu'il appelle me « désantérioriser ». J'ai choisi le programme 2.

Il me fait compter avec lui à voix haute, les yeux fermés, me demandant d'associer chaque nombre à un état de relaxation progressif. J'obéis, sans rien sentir de spécial.

Quand on est arrivés à neuf, il m'a dit que c'était fini pour aujourd'hui, et que ça faisait deux cent dix euros.

Je me suis redressé, abasourdi par l'escroquerie, et puis mon regard est tombé sur la pendule. Une heure était passée. Il m'a tendu un CD, m'a souhaité bonne nuit. J'ai protesté :

— Mais qu'est-ce que j'ai dit ?

— Vous écouterez. Il est bon que la voix de votre inconscient vous parvienne en privé et sans intermédiaire. Tout ce que je peux vous révéler, d'ores et déjà, c'est que c'est une vraie réussite. Il faut parfois plus de cinq séances pour arriver à définir et formuler son mythe personnel. Libre à vous d'y trouver la confirmation d'une vie précédente ; pour moi c'est simplement de la cryptomnésie.

— C'est-à-dire ?

— Le souvenir de lectures ou d'émissions que votre surmoi a occulté, pour vous aider à combler le vide de vos origines par une illusion d'existence antérieure. En tout cas, j'ai passé un très bon moment. Si vous voulez un conseil, c'est une histoire que vous devriez écrire : je vous recommanderai des éditeurs.

J'ai rempli mon chèque, et il m'a reconduit sur le paillasson où patientait son rendez-vous de vingt et une heures. J'ai repris l'ascenseur, je suis monté dans ma voiture, et j'ai écouté le CD.

C'était bien moi. Je veux dire : c'était ma voix, mes mots, mon phrasé, mon style. Mais ils racontaient l'histoire de Guillaume à la première personne.

Pendant plus d'une demi-heure, les trois quarts de ma vie médiévale étaient fidèles à ce qu'Isabeau m'avait fait revivre sur le papier, conformes à ce qu'avaient capté Marie-Pierre et les gens du château. Mais tout changeait à partir du moment où je décrivais la scène d'amour dans le champ d'orties. Il y avait eu un témoin : la dénommée Clotilde.

— Elle travaillait aux cuisines du château, disais-je lentement d'une voix sans timbre. Elle était plate et disgracieuse, avec un pied déformé qui la faisait boiter. Elle avait l'âge d'Isabeau, c'était la bâtarde de son père. Isabeau ne le savait pas, et croyait aux bons sentiments de cette servante avec qui elle avait grandi, sans jamais avoir soupçonné la jalousie haineuse qu'elle lui inspirait. Notre liaison, le jour où Clotilde la découvrit, fut le déclencheur de sa vengeance. Elle vint me trouver, menaça de tout dire au mari si je ne couchais pas avec elle. J'aurais fait n'importe quoi pour protéger Isabeau. Je l'ai fait. La fille de cuisine s'est retrouvée enceinte. Alors je me suis enfui du château. Non par frayeur, mais par honte. Je préférais qu'Isabeau me désaime pour ma lâcheté que pour ma trahison. En lui laissant croire que je sacrifiais notre amour à la peur qu'il soit découvert, je brisais son cœur, mais j'épargnais nos souvenirs.

Absorbé par mon écoute, j'avais manqué la bretelle de ma banlieue et continué droit devant sur l'autoroute. Un temps de musique liquide, le tintement de la cuillère dans la tasse du psy, puis ma voix a repris sur le même ton égal :

– Je n'ai su que longtemps après les conséquences de ma fuite. Les Grénant ont enfermé ma bien-aimée dans le donjon, où elle s'est laissée mourir de faim, ce qui finalement arrangeait tout le monde en lavant l'honneur de la famille. Seule Clotilde a éprouvé du remords : elle s'est noyée, avec l'enfant qu'elle portait, dans l'étang qu'Isabeau et moi avions peint si souvent après l'amour.

Un long silence, froissé par le bruit d'un papier de bonbon.

– J'ai mené dès lors une vie de débauche pour achever de me salir, par désespoir et refus du pardon. J'ai guerroyé un temps aux côtés des soudards qui pillaient et violaient au nom de Jeanne d'Arc, après sa capture, et je suis mort de syphilis en 1450.

Voilà ce que Serge Lacaze appelait mon « mythe personnel ». La suite n'était qu'un bruit de respiration régulière jusqu'à la sonnerie d'un minuteur, suivie par la voix du psy qui comptait jusqu'à neuf en m'avertissant qu'à partir de huit, j'allais me réveiller frais et dispos.

J'ai stoppé sur la bande d'arrêt d'urgence, éjecté le CD, enclenché mes feux de détresse. J'ai pris dans mon cartable un bloc que j'ai placé sur mes jambes croisées, j'ai posé le stylo en haut à gauche et, immédiatement, ma main est partie à toute allure vers la droite.

La meurtrissure de la meurtrissure de la meurtrissure de la meurtrissure

La feuille s'est remplie du même mot griffonné sans espaces, évoquant le tracé presque plat d'un encéphalogramme. À la fin de la page, la ligne a continué sur mon pantalon.

J'ai dû jeter le stylo par la portière pour interrompre la réaction musculaire que je ne contrôlais plus. J'ai failli appeler Corinne, mais officiellement j'étais à un dîner du Rotary Club. Je me suis rabattu sur Marie-Pierre. Sans me laisser dire autre chose que mon nom, elle m'a informé qu'elle était sur l'autre ligne avec Jadna Picard, et qu'elle me rappellerait.

Elle raccroche, me laissant seul avec l'horreur du Guillaume que je suis devenu. Un traître, un violeur, un assassin pillard. J'imagine le choc qu'a reçu l'âme d'Isabeau, quand elle a découvert après tant de siècles la face cachée de son amoureux.

Je recommence à rouler, sans savoir où je vais, brisé, fou de rage, anéanti. Comment faire pour qu'elle revienne, comment implorer son pardon, effacer le poids de mes fautes ?

J'arrive à un péage, je sors machinalement ma carte

de crédit, et puis je découvre, dans l'une des seules guérites éclairées, la brune aux yeux jaunes que j'ai draguée l'autre nuit en revenant du haut Var. Je change de couloir au dernier moment, abaisse ma vitre. Son regard plonge dans le mien, avec un sourire qui s'allonge. Non seulement elle me reconnaît, mais on dirait qu'elle m'attend, qu'elle m'a donné rendez-vous dans sa gare de péage.

Soudain la vie renaît en moi. L'énergie de l'espoir, ou la joie mauvaise issue de ma nature profonde – je ne sais pas, et je m'en moque.

– Bonsoir, Renault Clio.

– Bonsoir, trois euros cinquante.

– C'est deux quatre-vingts, dans ce sens.

La brune aux yeux jaunes encaisse mon dû sans me quitter du regard. La barrière se lève et je ne redémarre pas. Elle me dit que c'est calme, ce soir. De fait, il n'y a presque pas de circulation sur l'autoroute, et le péage est désert. Elle ajoute que j'ai l'air fatigué. Je réponds que, d'ailleurs, je vais m'arrêter un moment sur le parking. Elle prend acte de ma phrase par un haussement de sourcils, me souhaite bon repos.

Je me gare cinquante mètres plus loin, sur la petite aire poubelles-toilettes à côté du poste de gendarmerie fermé. L'œil dans mon rétro, j'appelle de toutes mes forces Isabeau pour lui donner en offrande ce corps inconnu, si c'est le seul moyen pour elle de renouer avec Guillaume, de pardonner ce qu'il lui a fait, de connaître une dernière fois la soumission à la matière avant de s'en détacher...

Dans le panneau lumineux qui surmonte la guérite, une croix rouge remplace soudain la flèche verte.

Je panique, d'un coup, en voyant l'employée se diriger vers ma voiture d'un pas de mannequin sur un podium. Dans la lueur crue des projecteurs, elle ouvre la portière passager. Le sourire en biais, les lèvres entrouvertes, le regard vide. Plus aucune expression, plus rien de personnel ; son charme nature et sa sensualité blagueuse ont laissé place à la fixité d'un zombie. Au masque éteint d'une fille dépossédée, qu'une revenante a squattée pour retrouver en *live* les sensations de mon sexe. Le pire des viols, peut-être. L'anesthésie d'une âme vivante pour infiltrer un corps. Et je serais le complice actif de ce crime ? Peut-être même son commanditaire, puisque je crée la situation en connaissance de cause.

– Excusez-moi, dis-je en démarrant sur les chapeaux de roues, manquant lui arracher le bras.

– Connard ! crie-t-elle.

Son poing brandi se transforme en doigt d'honneur, sa silhouette disparaît dans le rétro. Ça ne peut pas être Isabeau. C'est peut-être l'autre, la demi-sœur. Ou juste une fille ordinaire, qui a eu la tentation de tromper une nuit d'ennui en entrant dans le fantasme d'un conducteur.

C'est malin. Je prends cette portion d'autoroute au moins trois fois par semaine : je vais devoir rallonger tous mes trajets en passant par la départementale. Je suis vraiment nul. Pire : je deviens complètement fou.

Mon portable sonne. Marie-Pierre. Elle me donne son adresse, me dit d'arriver le plus vite possible.

*

Trente kilomètres plus loin, je suis sorti à la première bretelle, et j'ai fait demi-tour vers Châteauroux à travers la vallée Noire, la contrée la plus chargée du folklore berrichon. Dans le halo de mes phares, je croyais voir des danses de sorcières, des chevaliers en armure, des étendards, les flammes d'un bûcher dans les feux clignotants d'un panneau de ralentissement... Je perdais pied dans mes deux mondes. Je n'étais plus moi-même, je n'étais même plus double ; je n'étais que le jouet des forces que j'avais cru pouvoir contrôler.

19

Chez elle, c'est quatre chats et douze plantes vertes sur quarante mètres carrés. Immédiatement, je me suis senti un peu mieux. Un verre de porto à la main, englouti dans un vieux fauteuil de famille où les chartreux m'escaladent à tour de rôle, je regarde Marie-Pierre qui, les yeux fermés, écoute mon CD avec un agacement croissant. Assise en tailleur sur le sol, boudinée dans un jogging fluo, elle boit au goulot un Coca d'un litre et demi en engloutissant machinalement des petits-beurre.

— Deux cent dix euros ! ponctue-t-elle en se relevant d'un coup, à la fin de l'audition. Y en a qui s'emmerdent pas.

Elle retire le CD. Je lui demande si cette Clotilde a vraiment existé.

— Hélas, oui. Je ne voulais pas qu'on vous en parle, mais elle a quand même trouvé le moyen de s'insinuer. Dix fois j'ai essayé de la dégager : rien à faire. Quand c'est l'amour, le malentendu ou l'honneur qui retiennent sur Terre, on peut discuter, mais quand c'est la jalousie, le besoin de salir...

Le malaise est là, à nouveau. Sans déranger le chat lové sur mes genoux, je pose mon verre sur le tambour à fourrure qui sert de table basse.

— Marie-Pierre... J'étais au bord de faire l'amour à une inconnue, tout à l'heure. Pour accueillir Isabeau, comme vous m'aviez dit. C'est... c'est Clotilde qui a voulu venir à sa place ?

— Oubliez-la ! On n'en est plus là, Jean-Luc.

Elle courbe le CD entre ses doigts, m'interroge du regard. J'acquiesce. Elle le plie en deux, va le jeter dans son vide-ordures. Au retour, elle farfouille dans un placard, sort d'une boîte à gâteaux une photo gondolée qu'elle me met sous le nez. Une jeune fille svelte et jolie avec un air traqué, de longs cheveux et des demi-lunes.

— Qui est-ce ?

— C'était moi, il y a dix ans. Ne prenez pas cet air gêné : tout va bien. Je suis devenue ce que je suis *exprès*, pour que plus jamais un mec me touche. La graisse, c'est ma protection, mon doudou. Et je suis parfaitement heureuse dans ma peau, si vous voulez savoir. Y aurait pas tous ces esprits errants qui me prennent pour un standard, j'aurais la vie de mes rêves. Toute seule avec le bébé que je n'ai pas eu.

— Pardon, mais pourquoi vous me parlez de ça ?

Elle désigne un vaisselier vitré qui renferme une sorte

de musée miniature de la layette : chaussons roses, barboteuse, grenouillère, timbale d'argent, tétine… Elle dit :

– Parce que c'est toujours la même petite fille qui essaie de naître, et qui n'y arrive jamais. Pour Jadna Picard, c'était Mauricia : l'enfant de l'amour et une chute dans l'escalier au cinquième mois de grossesse. Pour moi, c'était Marie-Paule : un viol et une fausse couche. Mais il ne faut pas y voir juste un échec. Ces petites âmes qui ne parviennent jamais à s'incarner ont une force extraordinaire. Leur brève incursion dans le monde matériel, leurs échanges avec la femme qui les porte les font monter à chaque fois d'un degré dans la spiritualité pure. Faut toujours leur donner un prénom, les identifier pour valider leur passage, même si elles ne viennent pas à terme. Comme ça elles marquent des « points de vie », comme vous dites dans vos jeux vidéo. Moi, elle a son anniversaire le 13 mars.

– Je suis désolé, Marie-Pierre, mais en quoi ça me concerne ?

Elle pose une main vigoureuse sur mon épaule.

– Y a pas que le cul dans la mort ! Ouvrez un peu votre conscience, Jean-Luc Talbot, écoutez votre cœur ! Cette petite fille qu'on n'a pas eue, Jadna et moi, cette enfant qui essaie de faire son come-back de siècle en siècle autour du château, pour réparer ce qui s'est passé au Moyen Âge… Cette enfant, c'était la vôtre.

Je la regarde, médusé.

– L'enfant de Clotilde ?

Elle a un mouvement d'humeur qui renverse sa bouteille.

— Arrêtez avec Clotilde ! Elle vous a infiltré sous hypnose pour raconter sa version à elle, n'importe quoi, un mensonge complet pour vous éloigner d'Isabeau ! C'est déjà elle qui avait dénoncé votre liaison au mari. Jamais vous ne l'avez sautée, cette pauvre tache ; elle s'est bloquée au château dans un cocon de jalousie, de frustration et de vengeance qu'elle diffuse en continu — si vous croyez que les médiums ne captent que la vérité... En tout cas, je peux vous certifier qu'elle n'a jamais été enceinte.

Un frisson me parcourt de la tête aux pieds. Je murmure :

— C'était Isabeau ?

— Bien sûr. Mais elle ne le savait pas. Elle s'est laissée mourir de faim et de désespoir, sans savoir qu'elle entraînait dans la mort le fruit de votre amour. Maintenant, elle sait.

Le chat se met à ronronner, comme pour adoucir la détresse qui me serre le ventre. C'est à cause de moi. À cause des pensées, des images que j'ai envoyées à Isabeau. C'est cette envie de paternité qui m'est venue, pour la première fois de ma vie, en ressassant l'histoire de notre passion cachée qui tournait court. C'est ce désir d'enfant qui lui a fait prendre conscience qu'elle avait tué le nôtre.

— Voilà pourquoi elle ne vous parlait plus, Jean-Luc...

Et pourquoi je vous disais d'arrêter. Elle ne pouvait plus se maintenir dans vos vibrations de légèreté.

Je caresse le chartreux qui s'endort en absorbant ma douleur, mes remords, mon dégoût. Je ne suis que le produit des actions de Guillaume, de son passif, de ses dettes. Même si j'ôte de ma mémoire les saletés inventées par l'aide-cuisinière, il continue de me détruire de l'intérieur. Que j'aie vécu ou non sa vie, plus il prend corps en moi et plus je me désagrège.

— Qu'est-ce qu'on peut faire, Marie-Pierre ?

Elle inspire profondément en finissant d'éponger le Coca sur la moquette.

— Dégagement. L'âme de sa fille, maintenant qu'Isabeau l'a découverte, va l'aider à passer de l'autre côté. J'ai regardé le calendrier et on a testé, avec le château. Pleine lune samedi : dégagement dans trois nuits. On s'y met tous, et on envoie Isabeau chez elle.

— Ça veut dire quoi, « chez elle » ?

— C'est pas chez vous, dit Marie-Pierre, avec dans la fermeté une douceur bienveillante. Appelez ça le paradis, les plans supérieurs, la noosphère, la soupe quantique… Demandez au château : ils sont cultivés, eux ; moi, je ressens. Ne soyez pas triste. Vous avez fait un boulot magnifique, Jean-Luc, vous avez accompli votre mission.

Je lance avec une dérision amère :

— Et c'était quoi, ma mission ? Lui faire comprendre que je ne vaux pas la peine qu'elle s'accroche à moi ?

— Ne le prenez pas mal. Grâce à vous, elle s'est détachée de la vie pourrie qu'on lui a faite : il lui reste à ne pas louper sa mort. Et pour ça, elle doit accepter de vous quitter. D'ici le dégagement, je vous demande une seule chose : ceinture. Plus de rêve érotique, plus d'écriture automatique, plus de complicité, plus de nostalgie et plus de regrets qui réveilleraient les siens. Je peux compter sur vous ?

Une tristesse puissante monte à mes yeux tandis que j'acquiesce. Voilà, mon aventure s'achève, et c'était si fort, et c'était si court, et ça finit si mal. Voir Marie-Pierre me convaincre d'abandonner Isabeau avec la même énergie que lorsqu'elle m'avait appelé à son secours, c'est une manière cruelle de refermer la boucle.

Elle me raccompagne en entourant mon épaule, avec un sourire de mélancolie.

– Je joue les Mère Fouettard, mais je m'y suis attachée, moi aussi, à la petite. Il ne faut pas. Ce n'est pas ce qu'on nous demande.

Sur le palier, en allumant la minuterie, elle me dit que ses chats ont été ravis de jouer avec le mien. J'appelle l'ascenseur, pour ne pas montrer mon émotion.

– C'était un gouttière, non ? Un « européen », pardon, on doit dire. Il vous aimait comme un père.

Je me retourne vers elle.

– Parce que vous entendez les chats, aussi ?

– Et les plantes vertes, soupire-t-elle. Le problème, quand vous tendez l'oreille, c'est que tout parle.

*

Je suis rentré à la maison en m'efforçant de ne penser à rien. Corinne et Julien regardaient la télé. Je suis allé me chercher une bière, puis je me suis assis entre eux dans le canapé. C'était une pitrerie américaine, et leurs rires abritaient mon chagrin. J'ai noyé dans la Carlsberg le souvenir de Guillaume. Il avait fait ce qu'il avait cru bon, et je ne pouvais rien retrancher de son destin, rien ajouter non plus. Tout ce qui était en mon pouvoir, c'était de lâcher prise.

– C'était comment, le Rotary ? a demandé Corinne pendant la pause publicitaire.

– C'était, ai-je répondu avec un ennui dissuasif.

J'avais inventé une soirée caritative, pour éviter d'avouer mon rendez-vous chez le psy. Autant j'avais aimé partager avec Corinne le bonheur d'Isabeau, autant je voulais rester seul pour consommer la rupture. Elle me regardait du coin de l'œil. Je l'ai attirée contre moi, pour effacer les ombres de ces derniers jours.

– À propos de Rotary, c'est amusant, a-t-elle dit sur un ton qui n'allait pas du tout avec l'adjectif.

Elle a attendu que Julien aille aux toilettes pour développer :

– Ton ami le Dr Sauvenargues m'a justement appelée, tout à l'heure. Il n'avait pas l'air au courant de la soirée.

Je ne me suis pas troublé, j'ai demandé ce qu'il voulait.

– Me brancher sur une hospit' à domicile. J'ai dit oui

pour les nuits. Je n'ai pas vraiment les moyens de refuser, en ce moment, et puis j'ai l'impression que tu préfères dormir seul. Non ?

J'ai resserré ma pression autour de son épaule.

— Jean-Luc... C'est une idée ou tu as fait l'amour, ce soir ?

Il y avait un tel dosage d'intuition et d'espoir dans sa voix que je ne l'ai pas détrompée.

— Merci, a-t-elle dit en baissant les yeux.

Ce n'était pas de la souffrance déguisée en ironie. C'était juste de la vraie gratitude, et je n'en croyais pas mes oreilles. Elle a ajouté, en me regardant à nouveau :

— C'était le seul moyen pour que j'arrête de me prendre la tête avec mon footballeur.

Sa réaction m'a chaviré. Comme je ne disais rien, elle a enchaîné :

— C'était bien ?

— Nul.

— Moi aussi. On est quittes ?

Elle a dit ça d'une voix de petite fille que je ne lui avais jamais entendue. J'ai répondu :

— On est quittes et c'est toi que j'aime.

Julien est revenu, m'a demandé si je voulais faire un Vice City avec lui, ou regarder la fin de cette daube.

— Moi je vais me coucher, les garçons, a décidé Corinne en se levant, toute légère. C'est ma dernière nuit de liberté : j'en profite.

Elle a coulé vers moi un regard en coin, auquel j'ai

répondu avec le même désir. Une demi-heure sur la console de son fils, et puis j'effacerais dans ses bras mon écart avec une inconnue – même s'il n'avait pas eu lieu.

Tandis qu'elle montait l'escalier, je lui ai demandé si c'était loin d'ici, sa garde de nuit. Elle a répondu sans se retourner :

– À toi de me le dire : c'est au château de Grénant.

20

Il était tombé dans le parc, huit jours plus tôt, sa tête avait heurté un arbre. Le chirurgien avait jugé prudent de l'opérer pour résorber l'hématome, et l'anesthésie générale lui avait déclenché une confusion mentale intermittente. D'après Corinne, ça n'était pas véritablement un alzheimer, mais ça lui servait de prétexte pour oublier sa femme. Lorsque Jadna venait lui tenir compagnie dans sa maison de gardien, il l'appelait Madame la mairesse, et la renvoyait au château après quelques minutes.

Moi, en revanche, il m'a reconnu tout de suite. J'avais profité d'un contrôle dans une scierie voisine pour lui apporter des croissants, à l'heure où Corinne finissait sa garde de nuit.

— Votre compagne est charmante, et elle pique divinement. En fait, sans elle, vous n'auriez jamais répondu à mon invitation. J'avais demandé au docteur... comment, déjà ?

— Sauvenargues.

— ... la plus jolie infirmière du canton, il se trouve

que c'est elle ; les gens normaux appellent ça une coïncidence. Vous êtes toujours normal, Guillaume ?

— Je m'appelle Jean-Luc.

— Ma femme était une promesse de bonheur, elle aussi, et on s'est perdus en route. Ne vous mariez jamais, si la solitude vous fait peur.

Il a poussé un soupir d'aise, en s'étirant sur son petit matelas. Le lit médicalisé était installé au centre du laboratoire qui occupait tout le rez-de-chaussée de la vieille chaumière, entre une fourmilière sous cloche de verre et une grande cage où tournaient des rats. Périodiquement, une petite souris longeait les plinthes pour venir les regarder, derrière les barreaux, comme au parloir, puis retournait se cacher sous un meuble. Ce n'était pas terrible question hygiène, mais Corinne avait vu pire et Victor Picard, même fissuré de la tête, demeurait un roc.

— À tout à l'heure, chéri, m'a-t-elle dit en m'embrassant au coin des lèvres. Charlotte arrive dans un quart d'heure pour la relève.

Elle n'était pas trop fatiguée par ses nuits. Le seul moment un peu difficile, disait-elle, c'était le réveil. Le vieux savant la prenait tantôt pour sa mère, tantôt pour une infirmière du camp de Mauthausen, à qui il demandait en douce des vêtements civils pour préparer son évasion. Ou encore il se redressait dans son lit, mettait les pieds par terre, se frottait les yeux, la dévisageait et lui déclarait simplement :

— Bien. Alors, qui suis-je ?

Elle avait consulté sa bio sur Internet, et lui racontait son enfance, sa guerre, ses cours à l'université de Princeton, ses travaux mondialement reconnus sur le comportement des fourmis, et ses publications controversées sur la physique quantique appliquée à la parapsychologie. Elle n'était jamais certaine qu'il ne simulait pas ses trous de mémoire, pour voir de quelle manière elle les comblait, mais elle s'était prise comme moi d'une affection réelle pour ce vieux bonhomme odieux.

— Bon, maintenant que nous sommes entre nous, chevalier, si nous parlions d'Isabeau ?

Il me clignait de son œil blanchâtre. Sa barbe mal taillée, broussaillant sur le col de son pyjama de soie rouge, accentuait un côté médiéval qu'il semblait cultiver pour moi.

— Il n'y a rien à dire, professeur. Elle n'est plus en contact avec moi.

— Bien sûr que si. La vie de Guillaume, telle que vous l'avez imaginée, vous êtes en train de la vivre en même temps que votre existence actuelle. Reste à savoir si c'est vous qui créez Guillaume, ou si c'est lui qui vous invente.

J'attends qu'il développe. Il gratte une croûte sur son avant-bras, la soulève, la replace, pensif.

— Ma femme était aussi jolie que la vôtre, avec l'exotisme en plus. J'étais venu à Châteauroux en 1954, pour une conférence à la base américaine de l'OTAN. Je leur faisais un point comparé sur les recherches de cibles par médiums interposés, menées par le KGB et la CIA.

Il attrape une télécommande sur le classeur métallique qui lui sert de table de chevet, appuie sur un bouton. Un petit jouet violet se met en marche, dans un coin de la pièce. Une sorte de soucoupe roulante avec des roues mobiles, qui se déplace à l'intérieur d'un enclos de briques sur une feuille quadrillée, où ses mouvements s'impriment au moyen d'une pointe feutre fixée sous le châssis.

— J'avais déjeuné avec l'état-major, après mon speech, dans un restaurant mauricien qui venait d'ouvrir, et c'est Jadna qui servait. Coup de foudre immédiat. J'ai emprunté une Jeep pour un flirt express : elle travaillait comme bonne à tout faire à partir de cinq heures chez la veuve de l'ancien maire. Voilà comment je me suis retrouvé au château. Il faisait pitié, après la guerre : une vraie ruine. La vieille mairesse continuait à vivre confinée dans les deux pièces que les Boches lui avaient assignées, douze ans plus tôt, en réquisitionnant les lieux. Quand elle est partie à l'hospice, j'ai acheté le château et j'ai épousé la bonne. Tout ça pour vous dire qu'on peut toujours modifier le cours des choses. Et pas seulement dans l'avenir. Isabeau et vous, au Moyen Âge, ça mérite une autre fin, vous ne croyez pas ? Venez que je vous montre quelque chose.

Il a rejeté ses couvertures. Je l'ai aidé à se lever, je lui ai approché son déambulateur.

— Je ne sens pas très bon, m'a-t-il prévenu, mais avec l'odeur des rats, ça se remarque moins.

246

Je l'ai suivi jusqu'à l'écran devant lequel il m'a dit de m'asseoir.

— Vous allez cliquer sur le fichier 413. C'est le résultat d'une expérience : l'ordinateur a enregistré en mon absence les mouvements de ce tychoscope.

D'un coup de pouce par-dessus son épaule, il désigne le petit jouet qui tourne dans l'enclos de briques.

— Comme vous le voyez, il se déplace de façon aléatoire, tantôt vers la gauche, tantôt vers la droite, dans une proportion normale, en gros, de cinquante-cinquante. Maintenant, avant d'ouvrir le fichier, vous allez vous concentrer pour qu'il aille le plus souvent possible vers la droite.

Je le contemple, désolé par son état mental. C'est toujours terrible de voir sombrer une belle intelligence. Je tente de le recadrer, avec diplomatie :

— Pardon, mais nous parlions d'Isabeau…

— C'est ce qu'on fait. Ça vous prendra cinq minutes. Concentrez-vous, visualisez les déplacements de l'engin, faites-le aller à droite.

— Mais vous me disiez que la mesure a déjà eu lieu : ce n'est pas un enregistrement en direct.

— Non, il date de six mois. Mais il est vierge.

— Vierge ?

— Personne n'a encore ouvert le fichier. Allez-y. Si vous passez la barre des soixante-quarante, je double les honoraires de Corinne. Ça marche ?

Pour ne pas le contrarier, j'ouvre le fichier en imaginant que je tourne à droite, au volant de la soucoupe violette. Pesant de la main sur mon épaule, il regarde avec moi les déplacements de l'engin sur l'écran, et les analyses de trajectoire qui s'affichent au fur et à mesure.

— Voilà, sourit-il quand l'expérience s'arrête, à la fin de l'enregistrement. Douze trajets successifs vers la droite. Pour une première fois, c'est un joli résultat. Il a, grosso modo, une chance sur dix mille d'être le produit du hasard.

Je me tourne vers lui, interloqué.

— Comment vous expliquez ça ?

— Vous trouvez que les infirmières sont mal payées, et vous aimez Corinne.

— Mais… ça marche souvent ?

— Mon élève René Péoc'h a reproduit l'expérience des milliers de fois. Il y a des gens plus doués que vous, leurs motivations sont plus ou moins fortes, mais ils arrivent toujours à casser la loi de la probabilité. À une seule condition : le déplacement du robot, au moment de l'enregistrement, ne doit pas avoir de témoin. Si quelqu'un avait déjà consulté les résultats, vous n'auriez jamais pu les changer. De la même façon, le nombre et la nature des tracés que vous avez obtenus sont désormais définitifs : personne ne pourra plus jamais modifier ce morceau de passé. C'est le paradoxe Einstein-Podolsky-Rosen : la conscience crée le monde.

Je m'abandonne quelques instants au vertige qui, très vite, me ramène à mon problème.

– Vous pensez que, par rapport à Isabeau...

– Vous me diriez Jeanne d'Arc, je vous répondrais non. Vous ne pouvez pas faire en sorte qu'elle soit née charcutière ni empêcher qu'on l'ait brûlée : il y a trop de témoins, et vous le premier n'y croiriez pas. Tandis qu'Isabeau et Guillaume, leur histoire ne figure pas dans les manuels scolaires, elle a totalement disparu des mémoires – a-t-elle seulement existé ? Elle n'est que le produit de notre esprit ; une combinaison aléatoire d'imaginaire, de voyances et d'affectif. Matériau éminemment modifiable. Filez-moi un coup d'eau.

Je me lève, vais dans la cuisine, lui rapporte une bouteille et un verre. Je le retrouve assis à ma place devant l'ordinateur, le souffle court, l'œil fixe.

– Ça va, Victor ?

– Ça va, merci.

Je lui demande comment je dois m'y prendre pour modifier le passé d'Isabeau. Il me dévisage en fronçant les sourcils.

– Vous êtes qui ? L'émissaire de la Croix-Rouge ?

Le cœur serré, les yeux sur le matricule de déporté tatoué sur son poignet, je lui rappelle mon identité : Jean-Luc Talbot, du Centre des impôts de Châteauroux. Aucune réaction. Du bout des lèvres, je risque :

– Chevalier Guillaume d'Arboud, 1402-1450.

Ses yeux pétillent à nouveau. Il vide son verre d'eau sans cesser de sourire, bavant des deux côtés.

– Je ne crois pas à la réincarnation : je crois à la puissance de la pensée. Je vais vous faire réaliser une expérience, dit-il en se levant pour me céder sa place devant l'ordinateur. Vous allez ouvrir ce fichier.

Je lui réponds avec ménagement que c'est déjà fait. Il paraît déçu, puis irrité, hausse les épaules.

– De quoi parlions-nous, alors ?

Je le rebranche délicatement sur Isabeau, commence à retracer sa relation avec Guillaume. Il m'interrompt, brutal :

– Changez-la d'au-delà. Qu'elle soit ou non le produit du drame qu'on vous a raconté, elle existe, maintenant, par la force de votre adhésion et des émotions qu'elle vous inspire. Alors ne la laissez pas dans ce merdier. Ne la laissez plus vous emmener en boucle dans un passé qui finit mal et qui bloque son évolution. Prenez le pouvoir ! Réécrivez l'histoire, refaites un cadre à votre amour, inventez d'autres événements et une morale heureuse.

Il s'étouffe, maîtrise une quinte de toux, enchaîne :

– Elle ne peut rien sans vous. La conscience des morts ne structure pas : elle subit. C'est ça, l'enfer. La dépendance à leur mémoire et aux sentiments d'autrui. Ils ne peuvent que reconstituer ce qu'ils ont perdu, et composer avec les souvenirs qu'ils inspirent, avec les imaginations qu'ils nourrissent... Seuls les vivants ont le pouvoir d'influencer l'espace et le temps pour modifier le vécu des morts.

Il crochète mon poignet, le regard fébrile, le ton haché.

— La physique quantique est formelle : à chaque instant, nos décisions créent des milliards d'univers potentiels, de mondes parallèles, en avant, en arrière ou en même temps : c'est pareil ! L'espace et le temps ne sont que le résultat de nos pensées, tudieu ! Rien n'existe en dehors de notre conscience, rien n'a de sens ! La lumière, suivant le détecteur avec lequel on la mesure, c'est tantôt une onde, tantôt une particule, or la physique classique nous apprend que c'est impossible, qu'on ne peut être l'un *et* l'autre, mais pourtant le résultat est là, et tout le monde s'en tamponne, on vit comme si l'univers était prisonnier de nos lois, comme si le passé était un fossile figé dans l'ambre ! Prenez le pouvoir, mon vieux, corrigez l'histoire, construisez un monde à vos mesures, sauvez Isabeau, changez sa vie, refaites sa mort, créez du neuf ! Vous allez voir la mocheté qu'on m'envoie, ajoute-t-il trois tons plus bas. Vivement ce soir, que vous me rendiez Corinne.

L'infirmière de jour entre avec sa clé. Je la salue, prends congé de Victor Picard qui me cligne de l'œil avec des tremblements dans le menton, et je me retire discrètement tandis qu'il demande à la collègue de Corinne, d'une voix de petit garçon bien élevé, comment il s'appelle et ce qu'elle porte comme lingerie.

*

Le soir même, enfermé seul dans ma chambre, les yeux clos, je refais mon arrivée au château en 1429. Je reviens d'Orléans que nous avons libérée des Anglais, avec les hommes de Curtelin de Grénant. Durant l'assaut contre la forteresse des Tourelles décidé par Jeanne d'Arc, j'ai sauvé la vie du baron et il ne veut plus me quitter. Au cours du banquet donné en mon honneur, je découvre sa jeune épouse. L'amour immédiat, inconditionnel et total naît dans nos regards. Les parents d'Isabeau le remarquent, font reproche à Curtelin de l'impudeur de son hôte, mais le baron est trop bourré pour comprendre ce qu'ils disent.

En gagnant sa chambre, il fait trébucher le valet qui éclaire le couloir avec son candélabre, une tenture s'enflamme et déclenche un incendie. Curtelin de Grénant est brûlé vif en tentant de maîtriser les flammes, les parents d'Isabeau meurent asphyxiés dans leur lit, l'aide-cuisinière Clotilde se noie héroïquement dans l'étang en puisant de l'eau pour éteindre le feu, et je sauve de justesse Isabeau. Veuve à dix-sept ans, elle hérite du château qu'on restaure à notre goût, et l'abbé Meurleume nous marie dès la fin de son deuil.

Assez rapidement, elle tombe enceinte. Elle met au monde une petite fille qu'on élève dans notre passion de la peinture, et qui deviendra une très grande artiste. Les joies que nous donne notre enfant ne diminuent en rien la force de notre union charnelle, et on s'aime avec la même vigueur jusqu'au seuil de la vieillesse où, tués sur le coup par la chute d'un arbre, nous poursuivons aussitôt notre histoire dans l'au-delà.

Sentant que ce nouveau destin a besoin de prendre chair par écrit, je le compose sur mon ordinateur, le duplique et l'imprime. Puis, avec la même concentration, je m'endors pour que mes rêves brodent sur ce canevas que j'offre à Isabeau.

Je me réveille six heures plus tard, épuisé, vidé, léger. Café, tartine, douche et feuille blanche. Immédiatement Isabeau me prend la main pour me raconter son bonheur, sa découverte de la nouvelle vie qui s'ouvre à elle. Une éternité de bonheur et de responsabilités qu'elle explore avec délices. Elle me rend grâce d'avoir fait naître enfin notre enfant, me demande comment je veux l'appeler. Je réponds Lidiane, spontanément. Parce que la jeunesse, le charme, l'énergie, le talent... Tout ce que ces deux syllabes associent pour moi dans la nostalgie d'une vie différente, celle qui aurait pu être la mienne si, cinq ans plus tôt, j'avais fait confiance à l'amour que m'inspirait une peintre – nostalgie qui a cessé d'être un poison pour devenir un carburant.

Lorsqu'elle rentre de sa nuit chez l'enchanteur Victor, Corinne me découvre en peignoir au milieu des feuilles éparses que je relis. Je lui explique l'incendie du château, la mort des trois Grénant et de la demi-sœur bâtarde ; le formidable rebondissement qui libère Isabeau. Elle a l'air sceptique. Elle me dit que j'ai oublié de réveiller Julien : c'est sa dernière journée de cours avant les vacances, d'accord, mais ce n'est pas une raison pour sécher.

Je m'empresse de préparer nos petits-déjeuners,

confus. Elle me raconte que Victor Picard est infernal, qu'il s'est levé trois fois pour ouvrir la cage des rats : elle est à deux doigts de craquer. Je la réconforte comme je peux, fonce déposer Julien au lycée.

Bras croisés par-dessus sa ceinture de sécurité, il me regarde sans rien dire. Corinne et moi l'avons tenu autant que possible à l'écart de la présence qui a investi notre quotidien, mais ses jeux vidéo l'ont trop habitué au virtuel pour qu'il n'ait rien remarqué.

— Ça crise pas trop, avec maman ? demande-t-il au bout d'un moment, avec ce mélange de réserve et de décontraction qui est sa manière de respecter notre intimité.

— Ne t'inquiète pas. On traverse quelques turbulences, mais la météo s'arrange.

— Tu t'éclates bien, en tout cas.

— Pardon ?

— Avec la fille du château. Scuse-moi, Jean-Luc, mais depuis que maman a ses nuits, tu parles en dormant.

Ma main se crispe sur le levier de vitesse. Rester naturel, détaché, banal.

— Et je dis quoi ?

— J'sais pas. D'abord, j'écoute pas aux portes. Mais y a des moments où tu gueules…

J'insiste, une boule dans la gorge :

— Et dans ces moments-là, je dis quoi ?

— J'sais pas. Tu parles en vieux français.

Je m'arrête à un feu vert. Indifférent aux klaxons et

aux appels de phares, je me tourne vers lui. Il a l'air prudent, mais pas vraiment perturbé. Il suggère :

— Je peux t'enregistrer, si tu veux.

Je redémarre. Laisser tourner un magnéto à déclenchement vocal pendant mon sommeil, ce serait en effet le meilleur moyen d'être fixé. Mais, si Victor Picard a raison, si mon existence de Guillaume, dans une autre dimension, se déroule en même temps que ma vie actuelle, le cloisonnement est peut-être nécessaire.

Cent mètres plus loin, cette perspective débouche sur une question vertigineuse, que le vieux savant a laissée en suspens. Quelque part dans l'espace-temps construit par mon imaginaire, Guillaume d'Arboud est-il en train de modifier, au gré de ses rêves, le destin de Jean-Luc Talbot ?

21

Le dégagement d'Isabeau aura lieu cette nuit, à vingt-trois heures. Ce qui est peut-être sa dernière journée avec moi se déroule dans une torpeur nauséeuse. Ma main la réclame, les doigts me démangent de saisir un stylo pour renouer le contact, mais j'ai promis de ne pas interférer dans les rituels qui ont débuté au château.

Marie-Pierre et les autres sont si déterminés que j'ai renoncé, prudemment, à leur expliquer le nouvel au-delà que j'ai aménagé pour Isabeau. Après tout, c'est à elle de décider si elle doit quitter ou non cette forme d'existence. J'ai proposé, je n'impose pas. Mais j'ai le cœur lourd à l'idée qu'elle déserte la mémoire que je lui ai construite pour aller se fondre dans l'amour universel – image d'Épinal dont la postière me rebat les oreilles.

Après cinq heures passées à calculer l'ISF non déclaré d'une héritière à cinq immeubles touchant le RMI, j'ai emmené dîner Julien dans sa pizzeria préférée. On a parlé de son avenir. Enfin, moi, surtout. Pour lui, tout était bouché, pourri ou chiant. Ma vision périphérique de la société, à travers la dissimulation, le mensonge et la fraude que je constatais partout, ne m'incitait guère à lui donner tort. Quand je lui ai demandé s'il avait un projet, un rêve, il s'est borné à répondre :

— Ouais, mais tu vas te moquer. Enfin, non, justement, peut-être pas, mais c'est un truc à la con. Laisse tomber. Je ferai de la programmation informatique, comme tout le monde.

— Un rêve, c'est jamais un truc à la con.

— À part ça, te casse plus pour que maman me laisse aller à Berlin : Chloé y va avec son nouveau mec. Je m'en fous, d'ailleurs. Preuve que les rêves, tu vois…

Il a replongé dans sa pizza. Comme j'étais moi-même absorbé par mes pensées, je ne l'ai pas relancé ; j'ai laissé le fond sonore parler pour nous. Mais c'était bon d'être malheureux à deux, sans être obligé de donner le change.

À vingt-deux heures, je l'ai déposé à la maison et je suis retourné à l'hôtel des impôts, prétextant un dossier à boucler. Je ne voulais pas qu'il soit témoin de ce qui allait se passer, ni de l'état dans lequel ça me mettrait.

Assis à mon bureau, seul dans le bâtiment avec le vigile du rez-de-chaussée qui s'était apitoyé sur ma conscience professionnelle, je répétais, à la lueur d'une bougie, la prière de dégagement que Marie-Pierre m'avait envoyée par texto, tandis qu'ils étaient tous réunis dans la chambre du donjon pour opérer, disaient-ils, la transition d'Isabeau vers leurs « plans supérieurs ».

Mais l'appel en moi était trop fort — moins un appel

au secours que le besoin de vivre en direct nos adieux. J'ai pris mon stylo, et aussitôt il s'est mis à glisser sur la feuille avec une douceur, une fluidité, une précision tout à fait inhabituelles.

Tu m'as rendu le bonheur au-delà de mes espérances, je n'arrête pas de grandir avec toi. Mais ils disent que je dois aller plus loin que notre histoire, parce qu'il y a des âmes que je peux aider à mon tour. C'est toi qui décides. Je vivrai comme tu voudras me faire vivre. Ils disent que tu renonces à moi pour mon bien. Mais tu es libre de me garder. Alors garde-moi.

Le stylo ne bouge plus. Ma main est tétanisée. Un long moment, j'attends, j'implore, je fais le vide. Je me dis qu'ils ont réussi à l'expulser, à la reconduire à la frontière, pour que s'accomplisse la parole d'Évangile qu'ils me demandaient de répéter avec eux : « Laissez les morts enterrer les morts. » Une larme tombe sur la feuille et dilue son dernier mot. *Garde-moi* pleure en bleu dans le silence.

— Merci, hein ! s'exclame Marie-Pierre en déboulant dans le bureau. Elle s'est bien foutue de notre gueule !

— Qu'est-ce qui se passe ?

— Il se passe qu'elle n'a aucune intention de partir ! Et ça vous étonne ? Vous savez ce qu'elle m'a répondu ? « Pourquoi j'irais toute seule dans la lumière ? Je reste au château avec Guillaume : on est mariés et on élève notre enfant. » Vous n'avez quand même pas fait ça ?

J'avale ma salive, lui explique que j'ai suivi le conseil du professeur Picard, c'est tout : j'ai réécrit le scénario, j'ai imaginé une version heureuse de notre histoire.

— Mais il emmerde, ce vieux gâteux ! Comment je vais rattraper le coup, moi ? Elle a eu ce qu'elle voulait, maintenant : elle ne va pas lâcher la proie pour la lumière ! Vous êtes fier de vous ? Vous aviez pour mission de libérer une âme, et vous en faites une accro aux paradis artificiels ! Vous deviez la délivrer de sa prison terrestre : au lieu de ça, vous repeignez ses barreaux en rose !

Elle s'empare de la feuille d'écriture automatique, la parcourt sans vergogne, la jette sur la table avec un soupir rageur.

— Je vous avais dit d'arrêter ! C'est foutu, maintenant.

— Mais c'est vraiment si grave ? Si elle rate la pleine lune, elle prendra la suivante.

La postière se penche d'un coup au dessus de mon bureau, bras fléchis sur mon sous-main, lunettes en bataille.

— Oui, c'est grave ! L'esprit de sa fille était là ce soir, justement, pour venir la chercher. Après, elle ne pourra plus !

— Pourquoi ?

— Parce qu'elle est sur le point de s'incarner, voilà ! Et cette fois, elle a gagné le droit d'avoir une vraie vie sur Terre, où elle est appelée à faire de grandes choses !

Je me lève dans un sursaut.

– Je serai le père ?

Elle me regarde comme une enveloppe sans code postal.

– Vous voulez vraiment que je vous réponde ?

Je m'empresse :

– Non, non, surtout pas. Le libre arbitre. Bon, dans l'immédiat, vous avez raison : oublions le virtuel. Puisque je ne peux plus garder Isabeau et qu'elle ne partira pas sans Guillaume, je ne vois qu'une solution.

Et je lui expose mon plan B. Elle me dévisage, les bras ballants, consternée par mon aplomb, ma calme certitude. Visiblement, l'idée fait son chemin dans sa tête, sans trouver de repères ni d'issue.

– Mais ça n'existe pas, Jean-Luc... Vous ne pouvez pas vous débarrasser comme ça d'une incarnation antérieure... Ça ne marche pas si simplement, la loi karmique.

– Justement ! Quand une loi ne marche plus, on la change. On a au moins le droit d'essayer, non ? Le droit et le devoir. Si mon imaginaire a réussi tout seul à créer un autre monde, ça fonctionnera encore mieux si on s'y met à plusieurs, dans une structure réelle, avec un vrai sacrement.

Elle me contemple d'un air affligé, renonce à me raisonner, soupire :

– C'est Maurice qui a raison. Il a eu des mots très gentils pour vous, tout à l'heure. Il dit que vous n'y êtes pour rien, qu'on vous a fait perdre la boussole avec nos histoires, mais que sinon, d'un autre côté, vous alliez dans le mur.

Que répondre, à part merci ? Et je suis sincère. Aussi sincère que déterminé, elle le voit bien. Elle avale ses lèvres, hoche la tête, dit qu'elle transmettra ma demande, et elle s'en va.

Il est minuit et demi. Je rentre dormir quelques heures, jusqu'au retour de Corinne. Dès que j'entends sa voiture s'arrêter devant la maison, je descends à sa rencontre dans le jardin et là, en présence du grand cèdre et du petit frêne mort enchâssé dans son tronc, je la demande en mariage.

Elle plisse les yeux, se décale du rayon de soleil qui l'empêche de voir mon expression.

— Pourquoi ?

Ce n'est pas vraiment la réponse que j'attendais. Quoique. Elle me permet d'aller au bout de ma franchise.

— Parce que Guillaume épouse Isabeau. Pour modifier réellement leur passé, j'ai besoin de changer mon avenir. De ne plus répéter les échecs de Guillaume. Et je suis en échec, avec toi, depuis que je t'aime. Je ne t'ai pas aidée à réaliser tes rêves, j'ai renoncé aux miens, je me « contente », c'est tout, comme tu me l'as dit l'autre jour.

Elle me dévisage, avec une tristesse lucide sur ses traits fatigués.

— Et ça changerait quoi, si on passait devant le maire ?

À part nous officialiser, réduire nos impôts et faire une fin ?

– « Faire une fin », jamais. Prendre un nouveau départ, oui. Je sais bien que le mariage est le pire souvenir de ta vie, et je me rends compte de la confiance qu'il te faudrait pour me dire oui. Justement. C'est cette confiance que je te demande. Avec elle, tu peux tout changer. Partir au bout du monde comme tu le voulais, à vingt ans, devenir infirmière sans frontières, sauver des enfants pendant que je sauverai des forêts – et Julien viendra avec nous, puisqu'il dit que tout est bouché ici ; on lui montrera qu'il y a d'autres endroits sur Terre où on n'a pas honte de ses rêves, et on lui fera une petite sœur, si tu en as envie comme moi… Tout est possible, tout est ouvert, tout est devant nous : il suffit de le décider. Et j'ai cette énergie, aujourd'hui, si je me libère de Guillaume – et si je le délivre de moi. Il ne sera plus un poids mort ; je ne serai plus un reproche vivant. Tu veux ?

Son sourire en coin me désarme, rend dérisoire mon ton lyrique, mais tant pis : je l'assume. Le cynisme avantageux de l'échec fondateur, c'est fini. Elle passe une main sur ma joue, d'un air attendri qui me fait craindre le pire. J'ai tellement peur qu'elle se dérobe, qu'elle me raisonne – je voudrais tant qu'elle me fasse crédit.

Elle murmure :

– Jean-Luc… Moi aussi, je vais être sincère avec toi. Je n'y ai jamais cru, à ton chevalier réincarné. Mais je te

263

dis oui. Parce que j'adore l'homme que tu es devenu grâce à lui.

Je soutiens son regard. Je ne sais plus où j'en suis de mes doutes, mais au fond je suis d'accord avec elle : cette histoire est encore plus belle si elle n'est qu'une histoire. Un rêve actif, un engagement gratuit de ma part, un libre choix. À quoi bon s'embarrasser de preuves, plus ou moins convaincantes, qui ne seront jamais que des soumissions à une raison quelconque. Je n'ai pas besoin d'avoir été Guillaume pour lui donner une seconde chance. Que son âme survive dans ma mémoire ou ailleurs ou nulle part, seul compte le résultat. Corinne a raison : c'est en revenant sur les pas d'un autre que j'ai découvert qui je suis.

22

Pris de court par ma proposition, les informateurs de Maurice Picard avaient dû en référer à leur hiérarchie, qui finalement avait autorisé le principe d'une « union réparatrice » entre deux âmes, l'une désincarnée depuis six siècles, et l'autre partiellement incarnée dans mon enveloppe physique. Mon choix du père Benoît Jonkers comme officiant avait également été validé, mais il m'avait fallu vingt minutes au téléphone pour convaincre l'intéressé de procéder à un tel sacrement psychomagique.

Les législateurs de l'au-delà qui, d'après Maurice, travaillaient à tâtons pour faire jurisprudence, m'avaient demandé de façon expresse de dissocier au maximum l'empreinte Guillaume du contenant Jean-Luc. Dans cet esprit, je devais confectionner, à partir de son initiale, une grande lettrine incluant un blason symbolique, afin de n'être que l'intermédiaire du chevalier dans l'engagement qu'il contracterait par ma bouche.

Après consultation du calendrier lunaire, la bénédiction nuptiale de Guillaume et d'Isabeau avait été programmée par les chefs du protocole astral le 7 juillet, et mon propre mariage un mois plus tard, le temps de nettoyer la chapelle des influx médiévaux.

Ce qui me posait un vrai problème, c'était le blason de Guillaume. J'étais parti sur l'idée d'un donjon, d'un grand cerf et d'un chevalet, mais la sûreté du trait qui avait fixé ma scène d'amour au stylo noir dans les orties n'avait pas laissé de traces. Le résultat était minable, n'exprimait qu'une gravité pompeuse, et je déprimais devant mes feuilles à dessin qui se gondolaient sous l'aquarelle. Julien, quand il venait constater l'étendue des dégâts, me proposait d'un air goguenard son logiciel Photoshop. Je le renvoyais à ses enveloppes de faire-part.

Une nuit, il me trouve désespéré devant le tableau de Lidiane Lange, cherchant dans le talent d'autrui l'inspiration qui se refuse.

— Pourquoi tu ne l'appelles pas ?

Je ne comprends pas sa question. Il me dit que si un jour il doit se marier, il appellera d'abord les filles qui l'ont fait craquer avant, pour vérifier s'il est bien sûr de son choix : ça évite d'avoir des regrets ensuite. La maturité de son conseil m'impressionne, comme la finesse de ses déductions. Je ne lui ai jamais parlé de la peintre, je ne lui ai pas dit que c'est elle qui s'est représentée en face de moi sur la toile. Cela dit, il se méprend sur la nature de nos relations : il ne s'est rien passé entre nous, et je n'ai jamais eu de ses nouvelles depuis que je l'ai contrôlée, cinq ans plus tôt. Mais l'envie brutale de la contacter, au moment où il me le suggère, prouve que mes sentiments restent à vif.

– Viens voir un truc.

Je le suis dans sa chambre. Il prend un classeur, le pose sur sa table entre le PC et l'imprimante, l'ouvre et me montre, sur un carton à dessin, une grande lettrine enluminée. Un G gothique, dont la beauté, la précision et la résonance me coupent le souffle. Tout y est : le donjon, le grand cerf, le chevalet – il a peint à l'intérieur de l'initiale le blason de Guillaume tel que je l'avais en tête, mais avec un trait de manga qui lui donne la légèreté décalée, la joie redécouverte que j'ai tenté en vain d'exprimer.

– C'est pas trop ringue ? glisse-t-il avec une timidité inhabituelle dans son ton bourru.

Je suis incapable de répondre. L'idée que cet enfant d'un autre est entré dans mon imaginaire pour reprendre un flambeau que je n'arrive pas à allumer me bouleverse. Sur un ton d'excuse, il ajoute :

– Je sais pas si c'est toi qui m'as passé le virus, avec tes vieux livres, mais je kiffe à mort.

Je prends sa loupe pour admirer dans le détail l'incroyable travail pointilliste, la licorne microscopique enfermée dans une salamandre contenue dans la boucle du G. Ses enluminures sont ce que j'ai vu de plus audacieux depuis la Bible de Gutenberg, dont le fac-similé trône dans ma bibliothèque.

— Comment tu as pu faire ça, Julien ?

— J'aime bien ce qui est petit.

— Attends, tu as un talent extraordinaire. Tu avais un modèle ?

— J'ai un peu regardé dans tes bouquins, ouais, et puis les travaux des moines sur Internet. Au début, je faisais ça sur l'ordi, et puis j'ai eu besoin de peindre en vrai. J'ai acheté le matos en cachette, déjà que maman dit que je fous rien. Ça ira, pour Guillaume ?

Je lui dis que je vais m'inspirer de son style, mais que, sur un plan symbolique, je dois réaliser moi-même le blason. Il me tend le dessin.

— Garde-le quand même : c'est mon cadeau de mariage.

Un terrible sentiment de responsabilité me tombe dessus, à la pensée qu'il ait pu faire de l'enluminure automatique. Mais la minutie du travail, le nombre d'heures et d'instruments nécessaires démentent l'hypothèse. Et puis même si c'était le cas... Je le sens mieux armé que moi pour récupérer à son profit d'éventuelles influences, sans trop se laisser contaminer. De toute façon je serai là, et il ne lui arrivera rien. Le cas échéant, je saurai très bien lui servir de fusible.

23

Une table pliante est installée au pied de l'autel. On y a posé, entre une feuille blanche et l'initiale porte-blason de Guillaume, un téléphone branché sur ampli d'où sort la voix du père Jonkers.

– Maintenant que les âmes d'Isabeau et de son précédent mari ont accepté de dénouer, devant Dieu, leur lien d'un autre temps en échange d'un pardon mutuel, nous allons procéder à la bénédiction nuptiale. Si l'un d'entre vous a quelque chose à dire, qui serait de nature à empêcher cette union, qu'il parle maintenant ou se taise à jamais.

Les cigales lui font écho, dans le haut-parleur qui nous relie à son église en ruine sur le plateau de Canjuers. Je me retourne. Ils sont tous là, dans la chapelle du château baignée de soleil sous les volutes d'encens. Tous ceux dont la ruse, l'affection, les croyances, les connaissances et l'imagination m'ont sorti de mes rails. Tous, sauf Corinne et Julien qu'on m'a demandé de tenir à l'écart. Et tous se sont pris la main, dans un recueillement d'amour, de réconciliation ou de bonne volonté. Louis et Jonathan, Jadna et Victor – qui, rajeunissant de jour en jour à mesure qu'il devient sénile, lui sourit avec dévotion dans son fauteuil roulant –, Maurice et Marie-Pierre… La postière n'a pas arrêté de maigrir, depuis le soir du dégagement raté. Je me suis inquiété, je lui ai demandé si elle était malade. Elle m'a répondu en confi-- dence :

– Au contraire. Depuis qu'on travaille sur le protocole de la cérémonie, avec Maurice, j'ai changé d'énergie. Je n'ai plus d'angoisses, de colères ni de fringales, je ne mange presque rien, je n'ai plus besoin de nourrir mes défenses…

Et, de fait, elle commence à ressembler vaguement à la photo qu'elle m'a montrée un soir, à cette autre Marie-Pierre d'avant le viol.

– Donc, si personne n'a rien à dire, reprend la voix du prêtre par-dessus les cigales, nous allons pouvoir célébrer l'union de ces deux âmes.

Il me pose la question rituelle. Je place ma main sur le blason de Guillaume et je ferme les paupières, en me répétant mentalement que celui qui va répondre n'a rien à voir avec Jean-Luc Talbot. Puis je rouvre les yeux, et j'écris sur la feuille blanche ma réponse tandis que je l'énonce :

– Oui, moi, Guillaume, j'accepte de prendre Isabeau pour épouse, et lui promets amour et fidélité à l'époque de vie qui fut la nôtre, afin que, dans notre évolution future, cet amour soit bénéfique pour nos deux âmes.

Puis je signe : *Guillaume d'Arboud, représenté par Jean-Luc Talbot.* Une hirondelle entre dans la chapelle, rase l'autel, ressort. Les cigales se taisent, au téléphone.

— Isabeau, déclare l'officiant, acceptez-vous de prendre Guillaume pour époux ?

Et il se répond à lui-même, prononçant le pendant de ma formule. Dans le silence qui suit, j'entends le crissement de son stylo qui signe, comme l'a exigé le protocole : *Isabeau, représentée par Benoît Jonkers, prêtre ici-bas ; consentement reçu par Ursin Meurleume, abbé défunt, cocélébrant.*

Quand il a terminé d'écrire, il reprend d'une voix solennelle :

— Isabeau et Guillaume, je nous déclare donc unis par les liens sacrés du mariage, pour les siècles des siècles, amen.

Alors il se passe une chose que je n'attendais pas. Comme un choc dans mon plexus, une brûlure froide, la sensation physique qu'une part de moi se détache, m'abandonne et m'allège, me laissant un vide qui se transforme aussitôt en joie démesurée, mélange d'émotion mystique et d'extase charnelle. Le *bonheur pur*, issu de toutes les impuretés passées au crible. Un vertige me saisit, me transcende, me fait perdre l'équilibre dans une incroyable impression d'harmonie.

— Et maintenant, je demande à tous les participants,

de notre monde et du leur, de s'unir en prière dans l'amour de Dieu pour le salut des mariés. Que la paix du Seigneur soit toujours avec vous.

Nous sortons de la chapelle, silencieux et vibrant d'une émotion trop forte à commenter, que chacun retrouve dans le regard des autres. À six heures moins le quart, j'allume avec mon briquet le consentement de Guillaume, comme il me l'a été demandé, et j'abandonne aux flammes le dessin de son blason, tandis que le curé fait de même en haute Provence avec les symboles évoquant la mémoire d'Isabeau.

Quand tout n'est plus que cendres, Victor Picard lance d'une voix de stentor :

— Qui est mort ?

Maurice se penche pour lui répondre lentement, avec une gentillesse attentive :

— Personne, papa. Jean-Luc a simplement brisé en lui ce qui restait de Guillaume, pour le donner en mariage à Isabeau.

Le vieil homme me dévisage avec une acuité brusquement intacte, une alternance d'admiration et de perplexité. Il finit par laisser tomber :

— Vous savez que l'esprit humain fonctionne comme un hologramme.

— Pas maintenant, mon chéri, fait Jadna avec une douceur maternelle, tu es fatigué, tu vas faire un gros dodo.

— ... Et un hologramme, quand on le brise, chacun des morceaux le contient tout entier. Bon courage.

272

Je le regarde s'éloigner, dans le fauteuil roulant que sa femme promène comme un landau.

– Venez avec moi, décide Jonathan Price en m'entraînant vers le château. J'ai quelque chose pour vous.

Il me fait entrer dans le grand hall, referme la porte, et entreprend de déboutonner ma chemise. Je le repousse avec une violence que je me reproche aussitôt, craignant qu'il prenne ma nature chatouilleuse pour de l'homophobie.

Il me lâche, ouvre la vitrine au-dessus des jouets d'enfants. Je le vois saisir la courte épée du soldat anglais de la guerre de Cent Ans, naguère inhumé dans la salle à manger, et la pointer soudain sur mon plexus. Inquiété par la lueur dans ses yeux, j'essaie de le prendre à la blague :

– Vous n'allez pas me tuer, non ?

Il répond gravement :

– Je pense que ç'a déjà été fait.

Il me retourne face au grand miroir, écarte les poils de mon poitrail pour dégager ma tache de naissance. Il y pose la pointe de l'épée.

– Je renonce à vous transpercer pour les besoins de ma démonstration, mais, si je le faisais, cet embout rond qui orne la garde laisserait le même genre de marque, à la même distance de la plaie rectangulaire.

Il me lâche et recule de trois pas, pour contempler ma réaction avec un vague sourire de revanche.

– D'après les recherches de Ian Stevenson, reprend-il,

vingt pour cent des réincarnés conservent dans leur chair la trace d'une blessure fatale, sous forme de tache de naissance. Vous voulez savoir ce que je pense ? Le mari d'Isabeau vous a tué, vous a fait passer pour un Anglais, et c'est vous qui étiez enterré dans la salle à manger.

J'essaie de combler le gouffre qui s'est ouvert en moi, au fil de ses mots. Tout cela n'est qu'une construction de l'esprit : je n'ai pas envie de la rendre vraie en y croyant. D'un autre côté, cette hypothèse est moins gênante que celle de la fuite. Curtelin de Grénant aurait poussé la vengeance conjugale aussi loin ? Il aurait fait croire à Isabeau que son amant l'avait abandonnée, pour qu'elle se laisse mourir d'inanition dans sa tour ?

L'Anglais me toise en savourant ma réaction.

– Pourquoi vous ne me l'avez pas dit avant ?

– Pour vous laisser agir au nom de Guillaume. L'important était que vous débarrassiez le château de votre présence. Le nettoyage est fait, maintenant.

Je reboutonne ma chemise, sans le quitter des yeux. Il glisse l'épée dans ma ceinture, avec une expression de solennité mâtinée de roublardise.

– Elle est à vous.

– Et à quel titre ? Pièce à conviction ?

– Devoir de mémoire.

*

En regagnant ma voiture, je jette un dernier regard au donjon d'Isabeau, et je me dis que je n'y reviendrai que sur le papier. Écriture ou dessin – probablement les deux.

La veille, suivant l'étonnant conseil que m'avait donné Julien, j'avais cherché dans le fichier central des impôts les coordonnées de Lidiane Lange. La peintre sans le sou, que j'avais contrôlée jadis sur plainte de l'URSSAF, était à présent imposée dans la tranche supérieure. En quelques années, elle avait vu sa cote exploser de Tokyo à Dubaï, et elle était heureuse de m'entendre. *Paraciel*, le tableau que j'avais payé huit cents francs dans une galerie d'Annecy, était le dernier d'une série qui appartenait à l'un de ses amis collectionneur : si j'étais d'accord, il serait ravi de me le racheter cent mille euros.

Du coup, j'avais proposé à Corinne qu'on s'offre un bateau pour faire le tour du monde. Mais finalement, ça l'emballait aussi peu que moi. Ses malades avaient besoin d'elle et, depuis que je lui avais ouvert une perspective de départ, elle s'était remise à aimer notre vie ici. Alors j'avais décidé d'investir dans une échoppe de bouquiniste, et de l'aménager en atelier d'enlumineur. Julien m'y formerait comme apprenti, pendant mes loisirs. Entre-temps, j'aurais démissionné des services fiscaux pour me consacrer à la littérature, écoutant les avis de mon trésorier-payeur et de mon psychanalyste. Après tout, comme ce dernier me l'avait suggéré, mon travail de création sur le personnage d'Isabeau et l'illusion qu'elle écrivait à travers moi n'étaient, peut-être, que la révélation inconsciente d'une vocation ; cet appel des mots que j'avais cru satisfaire dans la bibliophilie.

J'ai dit adieu aux gens du château, et j'ai repris la route pour rentrer chez moi.

Corinne m'a sauté dans les bras, dévoré la bouche en me demandant comment s'était passée la noce. Je l'ai serrée de toutes mes forces, de tout mon amour décuplé par l'union des amants d'autrefois que j'avais rendus à eux-mêmes. Dans l'élan de son désir, je l'ai soulevée, montée dans mes bras jusqu'à notre chambre, mais elle s'est débattue en riant :

— Hé, ça va pas ? On a dit : après *notre* mariage ! Un peu de tenue, monsieur Talbot !

Je l'ai reposée au pied du lit. Elle est redevenue sérieuse, a regardé d'un air perplexe l'épée glissée dans ma ceinture. Puis elle m'a dévisagé en disant lentement, d'un ton soucieux :

— Elle a intérêt à exister pour de bon, Isabeau.

— Pourquoi tu dis ça ?

— Parce que, si on s'en tient aux faits, mon futur mari vient quand même d'épouser un prêtre belge.

24

LE BERRY RÉPUBLICAIN
Édition du 8 juillet

(Presles-sous-Châteauroux.) *On apprend avec émotion l'accident survenu hier soir à notre concitoyen Jean-Luc Talbot, agent des impôts, alors qu'il maniait une épée de collection à son domicile, 43, rue du Puy-Fendu.*
Admis en urgence à l'hôpital George-Sand pour une plaie perforante au thorax, il se trouve actuellement dans le coma. Contactés par nos soins, les médecins n'ont pas confirmé si ses jours étaient en danger. À sa famille et ses amis, nous présentons tous nos vœux de sympathie et de courage, ainsi que nos souhaits de prompt rétablissement.

25

Au bord de l'Étang-Gris, je viens de peindre la scène qui me hante depuis hier. Je chassais avec Curtelin dans les marais du Puy-Fendu, lorsque le vieux cerf que nous poursuivions a couché dans sa course un jeune cèdre. Ses ramures prises aux branches, le dix-cors s'est abattu en souille. Le mari d'Isabeau a mis pied à terre pour le servir, en grande âpresse. Dans le brame de mort, je regardais le jeune tronc cassé par moitié à mi-hauteur, enchevêtré dans un frêne contigu, lequel avait paré sa chute en lui faisant potence. Alors, j'ai redressé ledit tronc jusqu'à ce que brisures s'encastrent, et j'ai lié partie d'icelui avec le frêne devenu son tuteur, afin qu'une vie perdure quand une autre s'achève.

Isabeau, retour d'avoir cueilli baies et mûres pour ses propres couleurs, mire le cèdre auquel mes pinceaux ont conféré force et grand âge. Mais dans l'ombre des frondaisons est venue sous mes doigts la blonde damoiselle qui, depuis toujours dans mes rêves, a nom Corinne – hommage à la poétesse grecque, maîtresse et rivale de

Pindare, qui fut mon premier émoi dans un livre à quinze ans et dont je poursuis la trace en vain de conquête en conquête.

Isabeau entre en ire et dolence, de voir femme autre qu'elle invitée en son absence sur notre toile à quatre mains. Elle s'empare du tableau et le jette au déversoir de l'étang. Je regarde ma Corinne rêvée s'en aller au gré du courant, vers un temps et lieu où je sais qu'elle m'attend. C'est sentiment bien étrange que d'éprouver ainsi la nostalgie de l'avenir.

Bientôt le chagrin jaloux d'Isabeau vient à perdition dans mes caresses et mots d'étreinte. Nos baisers nous emportent loin de nous en nos âmes, comme souventes fois quand elle s'apprête à m'ouvrir son corps.

Mais soudain surgit Curtelin, qui nous sépare d'estoc. Isabeau trébuche, sa tête porte contre une pierre et elle perd connaissance, tandis que son mari me couche à terre au bord du ru, l'épée déchirant mon pourpoint à hauteur de cœur. Je lutte à poings fermés contre la garde de son fer, tentant de dévier la lame par force cris d'effort envers ses cris de haine.

De sa main senestre, il bascule ma tête en arrière au débord du ruisseau. Vertige me prend et je sens la pointe se ficher en ma chair. Lors je rends grâce à Dieu de prendre ma vie en amour d'Isabeau et d'épargner icelle. Au moment de me laisser occire en offrande et contrition, j'entends :

— Ses cris m'ont réveillée, c'était horrible : il était au

milieu de la chambre, en train de lutter contre la vieille épée qu'il essayait de s'enfoncer en plein cœur...

Dans le voile de sang qui trouble ma vue apparaît la Corinne de mes rêves, qui parle à une autre femme aux yeux de verre.

— Il reculait, il revenait à la charge, les deux mains crispées sur le pommeau... D'un coup, il est tombé la tête en arrière, et puis il s'est redressé aussitôt en déviant l'arme...

L'entendre évoquer la mort à laquelle j'allais céder me redonne rage d'espoir. D'une détente de mes dernières forces, je repousse Curtelin, et nous roulons à bras-le-corps dans la pente de la rive. Lorsque les roseaux nous arrêtent, mon compagnon d'armes gît sur moi, transpercé.

— Qu'est-ce qui s'est passé, Marie-Pierre ?

— Je ne comprends pas, Corinne... Ils en pensent quoi, les médecins ?

— Ils disent que c'est un miracle. La lame a ripé sur une côte, est entrée à deux centimètres du cœur. Y aura aucune suite, de ce côté-là, mais on ne peut pas savoir quand il sortira du coma, ni dans quel état...

— Guillaume !

Isabeau repousse le cadavre, se jette sur mon corps baigné du sang de son mari. J'essaie de bouger, j'essaie de parler, je cligne des yeux. Mon regard croise celui de Julien qui pleure à côté de mon lit.

— Maman ! Il se réveille !

Corinne se précipite, se plaque sur moi en sanglotant, me couvre de baisers tandis qu'Isabeau m'étreint de toutes ses forces.

— Tu m'entends, Jean-Luc ?

— Tu es blessé, Guillaume ? Réponds-moi !

Je leur réponds. Je leur dis que je vais bien. L'étang s'estompe, le mur de la chambre reprend forme et puis redevient flou, au gré de leurs paroles.

— J'ai tellement eu peur de te perdre, Jean-Luc, je t'aime…

— Mon Guillaume, je veux que tu vives !

Je rends son baiser à Corinne, tout en rassurant Isabeau. Rien ne m'oblige à mourir dans son monde pour renaître dans le mien. Au contraire. Je ne sais pas comment je vais réécrire l'histoire, mais je n'ai pas le choix. Le seul moyen de ne plus rater ma vie, c'est d'en réussir deux.

L'APPARITION
Albin Michel, 2001, Prix Science Frontières
de la vulgarisation scientifique 2002

RENCONTRE SOUS X
Albin Michel, 2002

HORS DE MOI
Albin Michel, 2003

L'ÉVANGILE DE JIMMY
Albin Michel, 2004

ATTIRANCES
Albin Michel, 2005

LE PÈRE ADOPTÉ
Albin Michel, 2007
Prix Marcel-Pagnol, 2007
Prix Nice-Baie des Anges, 2007

Récit

MADAME ET SES FLICS
Albin Michel, 1985
(en collaboration avec Richard Caron)

Essai

CLONER LE CHRIST·
Albin Michel, 2005

Théâtre

L'ASTRONOME, prix du Théâtre de l'Académie française —
LE NÈGRE — NOCES DE SABLE — LE PASSE-MURAILLE, comédie musicale (d'après la nouvelle de Marcel Aymé), Molière 97 du
meilleur spectacle musical.
À paraître aux éditions Albin Michel.

Composition IGS
Impression Bussière, janvier 2008
Éditions Albin Michel
22, rue Huyghens, 75014 Paris
www.albin-michel.fr
ISBN broché : 978-2-226-18220-3
ISBN luxe : 978-2-226-18408-5
N° d'édition : 25718. – N° d'impression : 074153/4.
Dépôt légal : février 2008.
Imprimé en France.